크리처스

곽재식

크리처스

4 흑갑신병 편下

신라괴물해적전

곽재식×정은경×안병현

KB131992

크리처스

1

장인 공연으로 유명인도 되어 보고 해적 두령으로 오해받아 가짜 죽음도 겪으면서 소소생이 깨달은 것은 하나였다.

다 부질없고, 철불가와 엮이면 안 된다.

소소생은 짧은 인생에서 지난하게 얽힌 인연이 철불가라는 사실이 후회스러웠다. 회한에 젖어 있을 때, 콩알처럼 생긴 벌레가 뾰족한 주둥이로 소소생의 팔뚝을 깨물었다.

"아얏!"

물린 곳이 금세 빨갛게 부어올랐다. 모기에 물린 자국보다 작았으나 꽤 따끔했다. 놈이 깨문 곳에 빨간 핏방울이 맺혔다.

"콩알만 한 녀석이……. 생각보다 아프잖아?"

그 말이 마음에 들었는지 벌레는 갈퀴가 달린 앞발을 휘두르며 포악하게 소리를 질렀다. 그래 봤자 귀를 쫑긋 기울여야 들을 수 있는 수준이었으나, 콩알 벌레는 제가 한 마리 맹수라도 되는 양 몸을 파르르 떨며 포효했다.

"어쩌다 여기까지 따라왔니? 난 틀렸으니 너라도 나가거라."

소소생은 콩알 벌레를 팔에서 떼어 바닥에 놓아주었다. 녀석은 어째서인지 뽈뽈뽈 기어서 소소생의 팔로 돌아왔다.

"설마 나랑 같이 있고 싶은 거야?"

소소생은 미물인 콩알 벌레가 곁에 남으려는 행동이 자못 기특했다. 그동안 겪은 고초와 감수성이 예민해지는 이른 새벽 시간 때문인지도 몰랐다.

"고맙다……. 나 같은 놈과 있어 주다니. 난 구제 불능이야. 이제 어찌해야 좋을지 모르겠어."

소소생은 콩알 벌레를 손바닥에 올려 두고 신세 한탄을 했다.

"믿었던 산해파리 님은 돌림병을 치료할 길이 없다 하고, 김 대사는 돌림병의 진원지이니 당포를 불바다로 만들어 버리겠대. 이대로면 당포 사람들이 나 때문에 다 죽을지도 몰라. 내가 뭘 어떻게 해야 할까? 내가 뭘 할 수 있을까?"

소소생이 혼잣말을 줄줄 늘어놓자 어디선가 메아리처럼 익숙한 목소리가 돌아왔다.

"거기 재수 없게 징징거리는 목소리는 설마 소소생이냐?"

목소리의 주인공은 철불가였다.

"어라, 철불가? 어디 있는 거예요?"

소소생이 철창 사이로 고개를 빼꼼 내밀어 보니 어두운 복도 끝에서 철불가의 목소리가 들렸다.

"목소리 울림으로 보아 네가 있는 곳에서 스물세 보쯤 떨어진 감옥에 있지."

한참 떨어져 있는 두 사람은 서로를 볼 수 없어 간신히 대화만 주고받을 수 있었다.

"내 목을 끌어안고 꼭 구하러 온다던 놈이 왜 여기 있는 게냐? 산해파리는 못 찾았어?"

"찾긴 했는데……."

소소생은 그 산해파리가 당신을 죽이려 한다고 말을 해야 하나 망설였다.

"그놈 여전히 잘생겼더냐? 물론 나보다는 아니지만, 우리 둘이 해적계의 미남 양대 산맥이었거든. 그 녀석 해적 주제에 늘 어려운 말만 해 댔지. 거기에 얼마나 숱한 여자들이 반했는지, 참나!"

철불가는 당포의 괴죽음 같은 건 궁금하지 않은지 산해파리에 대해서만 집요하게 캐물었다. 파사낭낭의 마음을 얻지 못했다는 자격지심 때문이리라.

"산해파리 님은 여전히 잘생겨서 젊었을 땐 얼마나 대단했을까 궁금할 정도던데요. 그 그림 같은 얼굴로 때로는 이해하기 어려운 말씀도 하시지만, 그래도 웃을 때는 또 근사한 미소를 지을 줄도 아시더군요. 하지만……."

소소생은 묻지도 않은 말을 줄줄 읊어 댔다.

"제가 산해파리 님만 찾지 않았어도 김 대사는 당포를 그냥 두

었을 거예요. 전 어떻게 해야 할까요? 이럴 줄 알았으면 공부 열심히 해서 의원이 되는 건데 왜 저는 덕담꾼이 됐을까요? 물론……."

"크암."

콩알 벌레는 소소생의 푸념이 길어지자 하품을 하고는 소소생의 가방으로 들어갔다. 뜯어진 헝겊 인형 속 검은콩 사이에 자리를 잡은 녀석이 몸을 움직일 때마다 차르륵 차르륵 소리가 났다. 콩알 벌레는 코까지 골며 잠이 들었다.

"……공부한다고 의원이 될 머리가 아니란 건 알아요. 하지만 돌림병으로 사람들이 죽어 가는데 아무런 도움도 되지 못한다니 힘이 빠져요."

저쪽 감옥에 있던 철불가도 소소생의 넋두리에 고개를 절레절레 저었다.

"저 녀석은 한번 무너지면 아주 땅굴을 파고 들어간다니까. 귀 아파 죽겠네."

철불가는 옷을 찢어 돌돌 말아서 귓구멍에 쑤셔 넣었다. 소소생의 지루한 푸념이 더 이상 들리지 않자, 철불가는 후련한 미소를 지었다.

"역시 저놈만 믿고 있다간 수가 없겠구나. 포기하지만 않으면 어떻게든 살 방도가 있다고 그렇게 알려 주었거늘. 쯧쯧."

철불가는 장화에서 지난밤 숨겨 놓았던 청동 숟가락을 꺼냈다. 배고파 죽을 것 같다며 고래고래 난동을 부려서 개밥을 얻어 냈을 때 슬쩍해 둔 것이었다. 벽을 박박 파자 흙 부스러기가 떨어지며 벽에 작은 홈이 생겼다.

"옛말에 하늘이 무너져도 빠져나갈 구멍은 있다고 했으니 구멍을 파다 보면 살 방도 또한 생기겠지!"

철불가는 콧노래까지 흥얼거리며 부지런히 숟가락을 움직였다.

죽음이 드리운 당포에도 해는 떴다. 이 비장은 바다처럼 푸른 당포의 하늘에 노란 동이 트는 것을 보며 울분을 삭였다.

'망할 김 대사. 이 죽음의 땅에 나를 보내다니.'

이럴 줄 알았으면 진즉에 김 대사를 암살했어야 하는데. 이 비장은 땅을 치고 후회했다. 김 대사는 이 비장에게 당포로 가 돌림병을 깨끗이 정리하라고 명했다. 이 비장은 어떻게든 빠져나가려고 여러 핑계를 댔다. 그러자 비정하고 야비한 김 대사가 이 비장의 가족을 인질로 삼았다.

자식들만은 자기처럼 고생하지 않기를 바랐던 마음에, 이 비장은 자식들을 서라벌에 유학 보내 놓았었다. 아내까지 자식들 뒷바라지를 위해 서라벌로 보내고 이 비장은 홀로 사포에서 지내며 성실하게 일했다. 그가 서라벌 입성을 꿈꾸는 이유 중에는 가족과 함께 살기 위함도 있었다.

이를 알고 있는 김 대사가 며칠 전 이 비장에게 말했다.

"이 비장, 자네 가족들은 요새 잘 지내고 있나? 최근에 막내 녀석이 글공부에 재미를 붙였다고 하던데. 어디 글공부가 쉬운 일인가.

교재며 선생이며, 다 돈이 필요한 일 아닌가. 자네가 당포에 가지 않으면 자네 가족을 우리 집으로 들여 좀 도와줄까 하는데. 공부하다 지루하면 반동이랑 놀게도 해 주고 말이야."

풀이하자면, 네가 당포에 안 가면 네 가족을 우리 집 노비로 만들거나 괴물 반동의 밥으로 주겠다는 뜻이었다.

"아닙니다, 대사! 당포에 가서 분부대로 돌림병의 싹을 깡그리 불태우겠습니다."

정신이 번쩍 든 이 비장은 부랴부랴 부대를 꾸려 당포에 왔다.

군함이 당포항에 가까워질수록 썩은 계란에서 날 법한 시큼하고 역한 냄새가 코를 찔렀다. 시체가 부패하는 냄새였다. 이 비장은 코와 입을 가린 두건을 더욱 끌어 올렸다. 가까이서 목격한 당포의 모습은 소소생이 보고한 것 이상이었다. 고작 하루 사이 당포는 더한 지옥이 되었다.

건강해 보이는 자는 진작 떠났는지 죽었는지 한 사람도 눈에 띄지 않았다. 골목마다 시신을 실은 수레가 널브러져 있었고, 시체 썩는 냄새가 피비린내와 섞여 엄청난 악취를 풍겼다. 장마까지 겹치면서 시신에 구더기가 들끓기 시작했다.

이 비장과 병사들이 항구에 배를 대고 닻을 내리자 당포 백성들이 모여들었다. 여기저기 핏자국이며, 땟국물이 묻은 모습에 이 비장은 눈살을 찌푸렸다. 그런 줄도 모르고 당포 백성들은 이 비장과 병사들을 보고 환호했다.

"이렇게 와 주셔서 정말 감사합니다. 저희 좀 살려 주십시오!"

"비장이 오셨으니 이제 저희는 다 산목숨입니다!"

이 비장은 당포 백성들의 환호에도 눈을 가늘게 뜰 뿐이었다.

"멈춰라!"

병사들이 창끝으로 백성들을 겨누며 호통을 쳤다. 두건 위로 보이는 이 비장의 두 눈이 험악하게 치켜 올라갔다. 이 비장도 칼을 꺼내 들어 백성들이 더 이상 접근하지 못하게 막았다. 백성들이 주춤하자 이 비장이 목소리를 높여 외쳤다.

"지금부터 당포를 관할하시는 김 대사의 말씀을 전하겠다!"

이 비장은 일부러 김 대사를 강조했다. 혹시나 살아 나간 병자들이 있더라도 자신보단 김 대사를 원망하길 바랐다.

"'당포는! 원인 모를 돌림병의 진원지로서! 오늘부로 폐쇄를 명한다! 사람의 출입을 금하며! 병을 옮길 만한 모든 것을 불태우라!' 이것이 김 대사의 명이시니 너희는 당포에서 한 발짝도 나가선 안된다."

백성들은 놀라서 웅성거렸다.

"저희를 구하러 오신 게 아니었습니까?"

"아직 병에 걸리지 않은 자도 많습니다. 그들이라도 제발 당포를 벗어나게 해 주세요. 살 사람은 살아야 하지 않습니까!"

"시작하라!"

이 비장이 끌고 온 병사들이 일사불란하게 움직이기 시작했다. 군함으로 당포를 둘러싸 바다로 오가는 배의 출입을 막고, 집집마다 나뭇가지와 짚을 놓아 불태울 준비를 했다.

그때 백성들 사이에서 아이의 울음소리가 들렸다. 앳된 여인이 갓난아이를 안고 있었다. 여자가 아이를 어르고 달랬으나 그럴수록 아이는 속절없이 더 크게 울었다. 백성들은 아이 울음소리를 듣자 소리쳤다.

"아이들이 많이 굶주렸습니다. 음식이 없다면 제발 물이라도 얻게 해 주십시오."

"아직 증세가 미약한 자들만이라도 제발 보내 주십시오."

"비장 나리, 살려 주십시오!"

이 비장은 당포의 백성들이 딱하다는 생각도 하였으나 그런 생각은 잠시뿐이었다. 이 비장은 당장 자신마저 병이 옮아 죽을지도 모르는 상황에서 측은지심을 발휘하는 위인은 아니었다. 이 비장은 백성들의 애원을 외면하며 고개를 돌렸다.

"어린아이 한 명도 구하지 않는 것들이 무슨 관리란 말이오!"

백성들은 울분을 터트렸다. 백성 몇몇이 쟁기와 호미 따위를 들고 병사들에게 대항했지만, 병사가 휘두르는 창칼에 맥없이 쓰러질 뿐이었다. 병사들이 구해 줄 거라 믿었던 백성들은 실낱같은 희망마저 사라지자 자리에 주저앉았다.

그때 혼란을 틈타 남자 하나가 바다로 뛰어들었다. 그가 헤엄을 쳐서 달아나려 하자 병사들이 이러지도 못하고 저러지도 못하고 바라만 보았다.

"뭐 하고 있는 게냐!"

이 비장이 옆에 있는 병사에게서 활을 빼앗아 달아나는 남자에게 화살을 쏘았다. 화살은 순식간에 날아가 수면 위로 드러난 남자의 등에 꽂혔다. 숨을 삼키는 백성들의 소리가 들렸다.

"원망하려거든 병에 걸린 네놈들의 몸뚱어리를 원망해라. 어차피 죽을 목숨, 시신이라도 온전히 지키는 게 나을 거다."

이 비장은 활을 병사에게 넘기고 배를 향해 돌아섰다.

항구가 훤히 들여다보이는 높은 나무 위, 멀리서 이 광경을 지켜보는 자가 있었다.

"이게 무슨 개 같은 상황이지?"

흑삼치였다. 흑삼치는 야광의 약초를 먹이려고 아픈 부하들을 데리고 막 당포에 도착한 참이었다. 그러나 항구를 줄지어 막고 있는 군함들을 보자마자 일이 잘못되었음을 짐작했다.

항구에 닿기 전 흑삼치는 부하들에게 말했다.

"나 저승사자 흑삼치는 네놈들의 죽음을 허락한 적 없다. 그러니 내가 올 때까지 잠자코 목숨을 부지해라. 조금만 더 버텨라. 반드시 약을 가져올 테니."

"흑삼치 님을 만나게 된 것이 저의 해적 인생에 가장 값진 일이었습니다. 가장 악랄한 해적으로 살게 해 주시어 감사합니다."

"약한 소리 말아라. 한 번만 더 그딴 소리를 하면 혀를 잘라 버릴 것이다."

흑삼치는 부하들을 배에 남겨 두고 당포에 홀로 들어와 산해파리와 소소생의 행방을 수소문했다. 하지만 두 사람을 찾기는커녕 이 비장과 수군 병사들이 벌이는 짓을 목격한 것이다.

"이 비장이 왜 여기 와 있는 거지?"

흑삼치는 머리를 굴려 상황을 추측해 보았다.

"만약 소소생이 야광의 약초로 돌림병을 고쳤다면 이를 김 대사에게 보고했을 거고, 이 비장이 와서 저딴 짓을 벌이진 않았을 터. 일이 꼬인 게 틀림없다. 혹시……."

흑삼치는 불길한 예감을 애써 삼키며 훌쩍 몸을 날렸다.

2

소소생은 동이 틀 때까지 콩알 벌레 앞에서 한탄을 늘어놓았다. 품에서 고래 풍탁을 꺼내 흔들며 한시도 입을 쉬지 않았다.

"콩쥐야, 고래눈은 왜 이걸 주었을까? 이 종소리를 들으면 고래눈이 생각나. 고래눈은 이 소리처럼 맑은 영혼을 가졌을 거야."

소소생은 콩알 벌레에게 콩쥐라는 이름까지 지어 주었다. 콩 같이 생긴 쥐똥 크기의 벌레라고 하여 콩쥐였다. 콩알 벌레는 콩쥐라고 부르든 말든 코까지 골며 숙면을 취했다.

소소생이 한숨을 쉬었다.

"고래눈이 다시 만나면 돌려 달랬는데 그럴 기회가 있을까. 난 이제 죽을 목숨인데 말이야."

"지옥에서 돌아온 덕담계 해적 소소생이 약한 척을 하다니. 또 누굴 속이려고 그러실까?"

어디서 많이 들어 본 목소리가 감옥 문밖에서 들렸다. 고개를 드니 눈에 익은 장화가 보였다. 어찌 들어온 것인지 범이가 감옥 앞에 서 있었다.

"어라? 어떻게 들어온 거야? 여긴 철불가도 탈출 못 하는 지하 감옥인데?"

"범고래의 지능이 얼마나 뛰어난 줄 알아? 귀여운 외모에 전혀 그렇지 않은 힘과 두뇌! 그게 바로 나, 범이란 말씀! 범고래 같은 해적 범이한테 이깟 감옥을 들락날락하는 건 식은 죽 먹기란 거지."

범이는 팔을 꼬고 잘난 척을 늘어놓았다. 소소생은 안 그래도 갇혀 있는데 얄미운 놈이 으스대는 꼴까지 봐 주려니 배알이 꼴렸다. 소소생은 잔뜩 부루퉁한 얼굴로 말했다.

"비웃으러 온 거면 돌아가."

"이놈 봐라? 그래. 이것 좀 주려고 왔는데 가라면 가야지, 뭐."

범이는 하얀 천을 조심스레 벗겨서 가져온 두부를 보여 주었다. 막 삶은 듯 피어오르는 하얀 김과 함께 고소한 냄새가 감옥 안에 퍼졌다.

"흡. 하. 흡. 하. 이 냄새는 설마 두부?"

킁킁. 소소생이 볼썽사납게 콧구멍을 벌름거렸다.

"자고로 옥에 들어갔으면 두부를 먹어야 하거든. 그래야 두부처럼 깨끗한 사람이 된다나 뭐라나. 한데 네 녀석 하는 걸 보니 주기 싫단 말이야?"

범이가 두부를 줄 듯 말 듯 약을 올렸다. 소소생은 두부의 뽀얀

미색과 고소한 냄새에 돌연 허기가 몰려왔다.

"두부, 두부!"

소소생은 고래 풍탁을 품에 넣고 밧줄로 묶인 손을 내밀어 휘저었다. 범이가 피식 웃으며 두부를 던져 주었다.

"옜다!"

"따뜻하고 부드러워. 방금 만든 건가 봐."

소소생이 두부를 받아 게걸스럽게 베어 먹었다. 부드러운 두부가 입에 들어오자 소소생은 금세 포만감을 느꼈다. 따뜻하고 고소한 맛이 입안 가득 퍼졌다.

"참나, 이런 녀석이랑 그 녀석이 뭐가 닮았다고……. 말도 안 돼!"

범이는 소소생을 보며 고개를 절레절레 저었다.

소소생이 우걱우걱 두부를 먹으며 물었다.

"애가 우굴 닮았다고?(내가 누굴 닮았다고?)"

"알 거 없다."

범이가 휘이휘이 손을 저었다.

소소생은 그러거나 말거나 두부를 먹기 바빴다. 어찌나 급하게 먹는지 보슬보슬한 두부 부스러기가 눈송이처럼 곳곳에 떨어졌다. 두부 냄새라도 맡았는지 콩쥐가 더듬이를 움직이며 헝겊 인형에서 기어 나왔다. 녀석은 밧줄에 떨어진 두부 조각을 날카로운 앞발로 집어 들더니 순식간에 먹어 치웠다. 부스러기로는 부족한지 소소생을 향해 성난 소리를 내기까지 했다.

"어? 너도 두부 좋아하니?"

소소생은 콩쥐에게 두부 한 조각을 떼어 주었다. 콩쥐는 이번에도 순식간에 먹어 치웠다. 그제야 콩쥐는 찌르르 소리를 내며 눈을 게슴츠레 감았다. 아마도 배가 불러 기분이 좋아진 듯했다.

"내가 저런 벌레나 주라고 이 좋은 두부를 갖다준 줄 알아? 불쌍해서 줬더니. 그럴 거면 이리 내!"

범이가 철창 사이로 손을 뻗어 두부를 뺏어 가려 하자 콩쥐가 쏘아지듯 날아가 범이의 손에 부딪혔다. 그러면서 콩쥐의 앞발에 달린 날카로운 발톱이 범이의 손등에 상처를 냈다.

"아야! 이 쪼끄만 게! 뭐 이런 벌레가 다 있어?"

범이가 핏방울이 맺힌 손등을 보며 말했다. 괘씸한 마음에 범이가 다시 손을 뻗자 콩쥐가 앞발을 마구 휘둘렀다. 그러던 중 콩쥐의 발톱이 소소생의 손목을 묶은 밧줄을 스치자 투둑 소리를 내며 밧줄이 가볍게 끊어졌다.

소소생과 범이의 눈이 마주쳤다.

"어?"

죽도에 도착한 흑삼치는 빽빽한 대숲에 숨겨진 산해파리의 집으로 향했다. 마당에 깔린 까만 조약돌은 아침 햇살을 받아 반짝반짝 윤이 났다. 잘그락 소리를 내는 조약돌을 밟으며 걸음을 옮긴 흑삼치가 문을 걸어찼다.

"역시 아무도 없군."

흑삼치는 줄곧 산해파리의 눈빛이 마음에 걸렸다. 속내를 숨기는 듯한 눈빛이었기 때문이다. 멍청한 소소생은 산해파리의 눈빛이 우수에 젖은 사내의 것이라며 사랑에 빠진 듯이 굴었지만, 기민한 흑삼치가 보기엔 수상쩍었다. 부하들의 목숨이 달린 일이니 한시가 급해 일단은 믿는 척했을 뿐, 처음부터 그놈이 마음에 들지 않았다. 상선을 약탈할 때면 꼭 "그게 전부."라고 해 놓고 가장 값진 보물은 내놓지 않아 죽음을 자초하는 놈들이 있었다. 딱 산해파리의 눈빛이 그러했다.

"산해파리 놈, 사람은 원하는 바를 숨기고 있다고 했던가."

녀석의 말대로 산해파리 자신도 무언가 숨기는 바가 있을 터. 산해파리가 숨길 만한 것이라면 병을 고치는 약이 아닐까? 음흉한 산해파리 자식이 저 혼자 약을 차지하려고 무슨 짓을 꾸미고 있는지도 몰랐다.

흑삼치가 산해파리의 집에 있는 물건을 전부 헤집어 봤지만 아무것도 나오지 않았다. 흑삼치가 씩씩대며 분을 삭이고 있던 그때, 열린 문을 통해 휘익― 단검 하나가 날아들었다. 빽빽한 대숲에 드리운 그림자 속에서 누군가 던진 듯했다. 흑삼치는 본능적으로 날아드는 칼을 철살도로 튕겨 냈다.

"언제부터 흑삼치가 남의 집이나 터는 좀도둑이 된 거요?"

이번엔 어둠 속에서 나지막한 목소리가 들렸다. 분명 들어 본 목소리였다.

"누구냐? 이번에도 박 한찬의 졸개인가? 쓸데없는 소리 말고 모습을 보여라."

흑삼치가 말소리를 따라 철살도를 겨눴다. 곧 자객이 사선으로
드리운 그림자에서 한 걸음 나와 모습을 드러냈다. 흑삼치는 자객
의 정체를 확인하고 기다란 눈을 가늘게 떴다.

"고래눈? 그래, 어쩐지 익숙한 목소리다 했다."

흑삼치는 항시 긴장의 끈을 놓지 않는데도 고래눈의 존재를 눈
치채지 못했다. 인정하고 싶지 않았지만, 만약 고래눈이 자신의 뒤
를 칠 마음이었다면 저승사자 흑삼치라도 저승 문턱을 디뎠을지
모를 일이었다.

"잘나신 의적 고래눈께서 기습이라니 몸 둘 바를 모르겠군. 여
긴 어떻게 알고 온 거지?"

"산해파리라는 자를 찾아서 왔소."

"네가 그자를 어떻게 알고? 혹시 산해파리와 한패냐?"

흑삼치의 눈이 더욱 가늘어졌다.

"철불가에게 소소생이 산해파리를 찾아 당포로 왔다고 들었소."

"흠. 그렇다고 하나 산해파리라는 자는 이름을 숨기고 있어 찾
기 힘들었을 텐데, 이 집까지 단번에 찾아냈다고? 네가 그자와 내
통하는 게 아니고서야 믿기 힘든 이야기 아닌가? 너를 믿어야 하
는 이유가 있나?"

"내게 도움을 받은 백성들에게 소소생을 보았는지 물어물어 이
곳까지 도달하게 되었을 뿐이오. 당신이 나를 믿어야 할 이유는 없
소. 내가 당신을 믿어야 할 이유가 없는 것처럼."

이 비장이 도착하기도 전, 새벽녘 당포에 도착한 고래눈은 당포의 백성들에게 소소생과 산해파리를 수소문했다. 고래눈이 노예선에서 털어 온 패물을 받은 적이 있던 당포의 백성들은 고래눈에게 도움이 될 만한 것을 말해 주었다. 소소생과 산해파리가 치료에 실패했다는 이야기와 그날 저녁 그 둘이 사라졌다는 이야기를 접한 고래눈은 소소생이 김 대사에게 보고하기 위해 사포로 돌아갔을 것이라 짐작했다.

그렇다면 산해파리는 어디로 갔을까. 산해파리가 미심쩍었던 고래눈은 산해파리를 찾아 이곳까지 왔다. 그때 마침 흑삼치가 나타난 것이다.

흑삼치가 고래눈을 쏘아보았다.

"천하의 의적 고래눈은 사방에 눈과 귀가 있다, 이건가? 그러면 얌전히 소소생이나 찾을 일이지, 왜 나는 죽이려 드느냐?"

"당신이 할 말은 아니잖소? 동해를 호령하는 해적 흑삼치가 권력에 눈이 멀어 개처럼 수군의 밑에 붙었는데. 게다가 죄 없는 백성인 소소생을 죽일 뻔하기까지 했으며, 이제는 부끄러운 줄도 모르고 남의 집을 뒤지고 있소. 내 어찌 화가 나지 않겠소!"

언제나 호수처럼 잔잔하던 고래눈이 이렇게 격랑 같은 반응을 보인 것은 처음이었다.

"너 같은 조무래기 해적은 몰라. 나처럼 지켜야 할 식구가 많은 해적의 절박함을 말이다. 난 이용할 수 있는 것은 전부 이용하지 않으면 안 되거든. 그리고 소소생은 죄 없는 백성이 아니고 지은 죄가 차고 넘치는 해적이란 말이다."

"난 내 눈을 믿소. 소소생은 선량한 덕담꾼이오."

"아주 단단히 홀렸군. 너 개랑 뭐 돼? 왜 오지랖이야?"

흑삼치가 비아냥거렸지만 고래눈은 대꾸하지 않았다. 사실 고래
눈도 자신이 이렇게까지 하는 이유를 설명할 수도, 납득할 수도 없
었다. 범이의 말처럼 고래 풍탁을 주었던 그 아이 때문일까.

"아무튼 난 해야 할 일이 있다. 시간 없으니 빨리 덤벼라. 이참에
진짜 해적이 뭔지 한 수 가르쳐 주마."

흑삼치가 철살도를 고쳐 잡았다.

"고래눈이 왜 고래눈인지 나 또한 보여 드리지."

고래눈도 오합도의 장검을 뽑아 들었다.

흑삼치가 고래눈의 말이 끝나자마자 달려들었다. 마찬가지로 뛰
어든 고래눈의 오합도를 흑삼치의 철살도가 가로막았다. 고래눈이
다시 한 번 오합도를 휘둘렀고 흑삼치가 빠르게 굴러서 피하자 산
해파리의 집 벽이 가볍게 베어졌다. 그에 아랑곳 않고 어느새 꺼내
든 오합도의 단검 두 개가 흑삼치에게 날아갔다. 흑삼치는 회전하
며 단검을 쳐 내고 그대로 돌아 철살도를 휘둘렀다. 이번에는 고래
눈이 땅을 짚고 뒤로 공중제비를 돌며 피했다. 그러자 벽이 다시 베
어지며 무너지기 시작했다. 흑삼치가 순식간에 고래눈에게 따라붙
으며 두 사람의 검이 눈앞에서 맞부딪혔다.

의적 놀음에 취한 애송이라 생각했으나 과연 천하제일 검객답
게 다섯 개나 되는 칼을 자유자재로 부리니 놀라울 따름이었다.

"역시 고래눈은 고래눈이군."

"과연 저승사자 흑삼치답소."

고래눈의 오합도와 흑삼치의 철살도가 팽팽하게 힘겨루기를 했다. 두 사람의 눈빛도 한 치 흐트러짐이 없었다. 이대로 가다간 승부가 쉬이 나지 않을 것 같았다.

"너 혹시 소소생 좋아하냐?"

"뭐?"

뜬금없는 물음에 놀라 고래눈은 오합도를 쥔 손에 힘을 풀고 말았다. 뜻밖의 노림수에 걸려들어 고래눈이 휘청거리자 흑삼치는 기회를 놓치지 않았다. 흑삼치가 오합도를 쳐 내며 고래눈의 멱살을 잡아 바닥에 메다꽂자 콰직―대나무로 마루를 댄 바닥이 부서

지며 고래눈이 지하로 떨어졌다.

그러자 대나무 바닥 아래에 지하 공간이 나타났다.

"여긴?"

고래눈이 충격으로 비틀거리는 동안 흑삼치도 지하로 내려섰다.

"비밀 공간이군!"

무너진 바닥의 잔해 사이로 아침의 밝은 빛이 새어 들어왔다. 흩
날리는 흙먼지를 뚫고 흑삼치가 구석에 놓인 등불을 집어 사방을
휘휘 비춰 보았다. 지하실 벽면을 가득 채운 그림과 종이가 보였다.

"산해파리, 역시 그 능구렁이 같은 놈이 숨기는 게 있었군."

지하실을 살피던 고래눈의 눈에 대나무로 짠 책상이 들어왔다.
책상 위에는 붓과 두꺼운 수첩이 있었는데, 수첩은 오랫동안 주인

의 손을 탔는지 끝이 다 닳아 해진 상태였다. 그리고 두툼한 수첩 뒷면에는 웬 나무 판이 덧대어져 있었다.

수첩을 넘겨 보던 고래눈의 눈이 커졌다.

"이것 보시오!"

고래눈이 흑삼치를 불렀다. 수첩의 앞장에는 희미한 그림이 그려져 있었다. 해파리였다. 산해파리 옷자락에 새겨진 자수와 똑같았다.

"대충 봐도 산해파리의 것이 분명하군."

"꽤 오래전부터 최근까지 적은 것 같소."

흑삼치는 눈을 가늘게 뜨고 한 장 한 장씩 넘겨 보았다. 휘갈겨 쓴 글씨와 그림이 빼곡하게 채워져 있었는데 여러 번 덧칠해서 글자를 가린 흔적이 군데군데 보였다.

3

이것은 괴물이 되어야만 하는
나의 악행록이다.

...

○○○○이 병을 얻었다고 한다.
죽도에 숨어 살며 대나무처럼 속을 비워 냈다 생각했다.
인간의 어리석음이여.
그 이름을 다시 들으니 마음에 울림이 인다.
비워 냈다 생각했으나 공허할 뿐이었구나.
그를 향한 내 마음은 대나무처럼 깊게 뿌리박혀 있었으니….
○○○○을 살려야겠다.

...

근심이 깊었던 탓일까.
지난밤 대숲에 이는 비바람 소리가 유난히 컸다.
아무도 그 병의 치료법을 모른다.
병의 이름조차 아는 이가 없다.

의원이 했던 말이 귓가를 스친다.
"사람이 모르는 병이라면 괴물이 알지도 모르지요."
일리가 있다고 생각하며 그의 목을 베었다.
나의 흔적을 남겨선 아니 되기에.

...

육지와 바다를 가리지 않고 온갖 진귀한 생물을 찾아다녔다.
괴물이란 괴물은 다 들쑤시고
독초까지 찾아보았으나 진척이 없다.

가슴이 답답해 오랜만에 ◐◐◐◐의 집을 찾아갔다.
두즙을 마시며 바둑을 두는 모습은 여전히
한 폭의 그림처럼 아름다웠다.

아파서일까.

간밤에 내려앉은 눈보다 창백한 얼굴이 걱정되었으나

다가갈 수는 없다.

내게는 자격이 없다.

병을 낫게 할 방법을 찾는 것만이 내 유일한 속죄다.

...

어느덧 한 해가 흘렀다.

얻은 것은 고뇌와 잡념뿐.

별의별 괴물을 잡아다 실험해 보았으나

○○○○과 같은 병을 일으키는 놈은 찾지 못했다.

망망대해에 맨몸으로 있는 듯 암담하다.

...

우연히 얻어 탄 고기잡이배에서

뱃사람 하나가 토악질과 심한 기침을 하더니

피 눈물을 흘리다 죽었다.

그의 시신에서 안구를 뚫고 튀어나오는 벌레 같은 것을 발견했다.

괴물 ▭▭▭▭이었다.

어디선가 놈에 대해 들은 적은 있으나 이렇게 생겼을 줄이야.

드디어 찾았다.

겨우내 죽은 줄 알았던 나무에 싹이 텄다.
나의 연구에도 희망이 움트고 있다.

...

그것을 살아 있는 토끼의 몸에 집어넣자
그 뱃사람처럼 죽어 버렸다.
███████이 원인인 것은 확실하다.
그렇다면 ○○○○은 어찌 살아 있는 걸까.
멀리서 그를 지켜보다가 실마리를 얻었다.
○○○○이 좋아하는 것, ○○○○은 항상 그것을 달고 산다.

혹시나 싶어 이놈에게 그것을 먹여 보니
나의 말을 들어 먹는 듯했다.
하지만 성질이 포악하여 부리기 쉽지 않다.

...

한 마리로는 부족하다.

놈을 더 찾기 위해 산과 바다를 헤집고 있다.

놈이 좋아하는 것으로 유인하니 열댓 마리가 모였다.

...

또 한 해가 저물어 간다.

놈들은 자웅동체라 스스로 번식하여

제법 부대를 갖추게 되었다.

이제 이놈이 숙주의 목숨을 끊지 않고 나오게 하면 된다.

죽도의 동물들을 잡아다가 ▬▬▬▬▬을 먹였다.

죽도의 씨가 마를 동안

알아낸 것은

없다.

이 실험은 한계가 있다.

동물이 아니라 사람이 필요하다.

...

나는 단 한 사람을 살리기 위해
세상 모든 사람을 죽일 각오가 되어 있는가.

...

ㅇㅇㅇㅇ이 의원에게 시한부 선고를 받았다.
당장 실험을 이어가야 한다.

당포에서 알고 지내던 병자에게 ▄▄▄▄▄▄을 먹였다.
그자는 소복하게 쌓인 하얀 눈에 검붉은 피를 토하다 죽었다.
주검은 볕이 잘 드는 산속에 묻어 주었다.
죄책감은 내 여정에 함께해서는 안 되는 감정이다.
이것으로 그 마음을 씻어 내고자 한다.

오늘따라 대숲이 흔들리는 소리가 울부짖음처럼 들린다.

...

▄▄▄▄▄은 살아 있는 염병*이다.
같은 증상.

---

* **염병**: 전염병을 이르는 옛말

구토, 각혈, 피 눈물······.

예외는 없다.
██████이 들어가면 전부 죽는다.

...

당포에 꽃 피고 지는 소리마저 들릴 듯 고요한 밤.
거듭되는 실패에 잠 못 이룰 때면
차라리 누군가 나를 멈춰 주기를 빈다.
그러나 때때로 시꺼먼 유혹이 욕지기처럼 올라온다.
이 녀석이 신라 전역에 뿌려진다면······.

0000을 보며 마음을 다잡는다.
여전히 아름답고, 강인한······.
내가 아니면 할 수 없는 일이다.
0000을 위해서 해야만 한다.

...

이제는 병자로도 부족하다.
건강한 자들에게 ██████을 먹였다.

이제 죄책감을 느낄 시간조차 아깝다.

금슬 좋던 부부에게 ▟▟▟▟을 넣자 이틀 차이로 나란히 죽었다.
건강한 자들 중에도 시간 차가 있다.

...

어제 죽은 아이는 고작 세 살이었다.
아이의 부모가 내게 애원했다.
아이를 고쳐 달라고.

괴물은 나일지도 모른다.
이제는 이 죽음의 손길을 멈출 수 없다.
아이는 생각보다 오래 버렸다.

...

실패

사흘이다.
마을에 나타난 무뢰한 셋이 한꺼번에 죽었다.

...

실패

이번엔 단 하루만에 한 가족이 죽었다.

...

ㅇㅇㅇㅇ의 건강이 악화된 지 벌써 삼 년이 흘렀다.

당포에 같은 증상으로 죽은 자들이 많았으나 아무도 의심하지 않는다.
하 수상한 시절이라 백성이 이유 없이 죽는 것이 일상이다.

...

ㅇㅇㅇㅇ의 집에 근화초를 놓고 왔다.
당신을 위해 내가 얼마나 많은 피를 보았는지
당신은 모르겠지.

...

별안간 ▮▮▮▮▮에 대해 안다는 자를 만났다.

멀리서 온 상선의 색목인 잡부였는데
도통 알아들을 수 없는 말을 했다.
화를 참지 못하고 그에게 ▓▓▓▓을 넣었다.
끝은 똑같았다.

...

결국 답을 찾지 못했다.

하지만 언젠가 반드시 찾고 말겠다.
그러려면 더… 더 많은 사람이 필요하다.

...

4

흑삼치는 일지를 다 읽고 수첩을 바닥에 던졌다.

"산해파리! 역시 이 개자식이 원흉이었어! 장보고의 자식보다 더 심한 욕을 박아 주고 싶은데 화가 나니까 생각도 안 나네, 이 씨! 그 자식을 처음 만났을 때 죽여 버렸어야 했는데. 소소생이 말리지만 않았어도 진작 뼈와 살을 분리해서 바다에 고기밥으로 뿌려 줬을 거다! 하여간 속을 알 수 없는 것들은 죄다 음흉하다니까! 에잇, 철불가 같은 놈!"

흑삼치는 분개해서 길길이 날뛰었다. 어쩐지 그자가 신선처럼 어려운 말만 잔뜩 해 대는 게 꼴 보기 싫었더랬다.

고래눈이 바닥에 떨어진 수첩을 집으며 말했다.

"수첩에 쓰인 내용에 따르면 산해파리가 당포 백성들의 몸에 무언가를 넣어서 실험을 했던 것 같소. 당포에 퍼진 괴죽음이 산해파리가 넣은 괴물 때문이란 건데……. 대체 어찌 이리 극악무도한 짓을 한단 말이오?"

흑삼치가 바닥에 침을 퉤 뱉었다.

"내가 어떻게 알아? 미친놈 머릿속을!"

고래눈이 수첩의 맨 끝 장을 펼쳤다.

이것이 색목인 잡부가 말한 해결책이다.

마지막 글귀가 적힌 종이를 넘기자 두꺼운 나무 판이 나왔다. 나무 판에는 가로세로 각각 세 개의 직선이 교차하며 생긴 아홉 개의 점에 동그란 홈이 파여 있었다.

두들겨 보니 안이 텅텅 비어 있었다. 무언가 안에 숨겨진 게 있을 것 같았지만, 나무 판은 입을 꼭 닫은 채 꼼짝도 하지 않았다.

이리저리 만져 보던 흑삼치가 버럭 짜증을 냈다.

"이걸로 뭘 어쩌라는 거야? 나무 판을 던져서 괴물을 잡아 죽이기라도 하라는 거냐? 그럴 거면 내 진작 철살도로 해결했다!"

고래눈도 나무 판을 이리저리 들여다보았으나 열지는 못했다.

"일종의 잠금장치 같소. 이 나무 판의 직선과 홈이 어떤 암호 같은데……."

"그건 나 외에는 아무도 열 수 없다."

뒤에서 누군가의 목소리가 들렸다. 고래눈과 흑삼치가 돌아보니 어느새 산해파리가 서 있었다. 그는 슬픈 눈을 하고 고래눈과 흑삼치를 바라보았다.

"산해파리!"

흑삼치가 산해파리를 향해 철살도를 겨눴다.

"돌림병, 아니 네놈이 저지른 이 괴죽음은 끝내 해결하지 못한 거냐? 소소생은 또 어쩌한 거지?"

흑삼치가 눈에서 살기를 뿜으며 말했다.

"그대들은 사랑하는 이를 위해 세상 모든 사람을 적으로 돌려야 한다면 어떤 선택을 할 것인가?"

산해파리가 선문답 같은 말을 걸어 왔다.

고래눈이 답했다.

"아무리 소중한 이를 위해서라도 다른 사람의 목숨을 빼앗아서는 안 되오. 사람이라면 말이오."

"그래, 의적 고래눈은 그리 말할 줄 알았다. 나 역시 내 행동을 정당화할 생각은 없다. 나는 이미 괴물이 되었지. 다만 내가 어떤 마음으로 이 실험을 했는지 기록했을 뿐이다. 누군가에게 이 외로운 악행을 고백하고 싶었는지도 모르지."

어둠 속에서 그리 말하는 산해파리는 비장해 보였다.

"네놈의 사연 따윈 궁금하지 않다. 그 괴물을 빼낼 방법이 무어냐? 이 나무 판 뒤에 숨겨 놓은 모양인데 사실대로 불어라!"

흑삼치가 소리쳤다.

"방법은 없다……."

산해파리가 고래눈을 바라보다가 입을 뗐다.

"쓰여 있는 그대로다. 소중한 이가 병에 걸렸다는 소식을 들었고 그를 살리고 싶었다. 그러다 보니 여러 괴물을 부리는 재주를 얻었으나 그 병을 고치는 방법만은 찾을 수 없었지."

"당신에게는 해적이란 이름도 아깝소. 아무리 바다에서 뒤통수치고, 배신하는 게 해적이라지만 당신은 그저 학살자일 뿐이오."

고래눈은 정말로 노여웠는지 목소리가 떨렸다. 의적 고래눈으로서가 아니라 인간 고래눈으로서 분개했다. 일지를 조금만 읽어 봐도 이자가 얼마나 잔혹한지 알 수 있었다. 고래눈은 오합도를 쥔 손에 힘을 주었다.

흑삼치도 본능적으로 느끼고 있었다. 저놈은 차분하게 미친놈이다. 그러니 바로 죽여야 한다.

"간만에 말 잘했군! 동해의 저승사자 흑삼치가 네놈을 저승길로 보내 주마."

흑삼치는 철살도를 들고 산해파리에게 몸을 날렸다. 산해파리는 휘익— 바람처럼 다가오는 흑삼치를 피하며 말했다.

"나도 이렇게까지 하고 싶진 않았다. 해적계에서 은퇴한 후 간악한 자에게 협박을 받았어. 내가 병을 연구한다는 소문을 어디서 들었는지, 그는 김 대사가 다스리는 당포에 그 병을 풀고 싶어 했다."

"설마 박 한찬?"

흑삼치의 물음에 산해파리가 고개를 끄덕였다.

"어쩐지 그자의 졸개가 나와 소소생에게 따라붙었다 했더니. 그런 이유가 있었군!"

산해파리는 옷 속에서 연검을 꺼냈다. 연검이 뱀처럼 흐느적거리며 허공에서 춤을 추었다.

"그대들이 나의 길을 막는다면 그대들도 죽음에 이를 것이다."

"괴물 좀 부리더니 네가 신이라도 된 것 같더냐! 내 식솔들의 목숨이 걸려 있다. 그들을 살릴 방도를 내놓을 때까지 한 발짝도 가지 못한다!"

흑삼치가 분노로 이글거리는 눈으로 산해파리를 쏘아보았다. 산해파리는 흑삼치의 눈빛을 태연히 받아넘기며 말했다.

"너희가 그렇게 할 수 있을까?"

산해파리는 말을 끝내자마자 연검으로 고래눈의 발목을 휘감았다. 산해파리가 그대로 연검을 휘두르자 고래눈이 흑삼치 쪽으로 던져졌다. 고래눈과 흑삼치가 뒤엉켜 날아가며 지하실 벽면이 무너져 내렸다.

그 틈에 산해파리가 몸을 훌쩍 날려 지상으로 올라갔다.

무너진 벽 아래에서 흑삼치와 고래눈이 일어났다. 고래눈도 흑삼치도 일 대 일로 싸우는 걸 더 선호했으나 한시가 급한 상황이었다. 고래눈이 먼저 흑삼치에게 손을 내밀었다.

"잠시 힘을 합치는 게 어떻겠소?"

먼지를 뒤집어쓴 흑삼치는 퉤 하고 피가 섞인 침을 뱉었다.

"망할. 내 발목을 잡으면 너부터 죽일 거다."

흑삼치가 노려보자 고래눈이 도발하듯 말했다.

"내 뒤나 잘 보고 따라오시오."

"싸가지 본색을 드러내는 건가? 의적이니 뭐니 점잖은 척하는 것보다 이쪽이 더 낫구나."

흑삼치가 고래눈이 내민 손을 딛고 지상으로 뛰어올랐다. 고래눈도 뒤이어 나왔다. 산해파리가 기다리고 있었다는 듯 휘적이는 연검을 뻗었다.

"흥. 감히 그 따위 물건으로 덤비다니. 한물간 해적답구나."

흑삼치는 연검을 향해 팔을 뻗어 일부러 사로잡혔다. 팔에 연검이 휘감기자 흑삼치가 힘을 주어 산해파리를 잡아당겼다. 흑삼치는 팔에 감긴 연검을 이용해 산해파리를 벽으로 던졌다. 둔탁한 소리가 나며 벽이 무너지더니 산해파리가 집 밖으로 날아갔다. 고래눈과 흑삼치가 곧바로 산해파리를 뒤따랐다.

흑삼치가 성을 내며 철살도를 땅에 내리꽂았다.

"다 잡은 고기를 눈앞에서 놓치다니! 저놈이 입을 열 때까지 흠씬 두들겨 패 줬어야 했는데."

"저자가 어디로 갈지 짐작되는 곳이 있소?"

고래눈이 물었다. 화가 나는 것은 고래눈도 마찬가지였다. 하지만 화증이 났을 때 곧바로 다음 방법을 찾는 것이 고래눈이 화를 달래는 방법이었다.

흑삼치는 고개를 젓다가 뭔가 생각났는지 미소를 지었다.

"하지만 저놈에겐 각별한 친구가 있지. 사실 우리 모두에게 각별하기도 하고……. 죽이고 싶을 정도로 말이야. 하나 그 전에 이 소식을 알려야 할 자가 있다."

아직 해도 지지 않은 이른 저녁, 김 대사는 사포의 유일하게 멀쩡한 술집에서 풍류를 즐기고 있었다.

김 대사는 장인의 습격으로 흉흉해진 민심을 수습하고자 사포에서 바둑 대회를 열겠다고 선포했다. 사실 민심보다는 바둑을 즐겨 두는 임금의 눈에 들고자 한 것이었지만, 김 대사 본인은 바둑알을 보기만 해도 머리가 아팠다. 돌림병에 바둑에 지긋지긋한 것들을 잠시 잊고자 김 대사는 술집으로 행차했다.

얼마 전 조정에서는 장인의 습격을 받은 사포의 백성들에게 구휼미*를 하사했다. 하지만 김 대사가 누구던가. '내 것은 내 것, 남의 것도 내 것'이라는 신조를 일관되게 따르는 위인이지 않던가. 김 대사는 백성에게 내려진 구휼미마저 꿀꺽하여 자신의 대궐 같은 집과 즐겨 찾는 이 술집을 복구하는 데 썼다. 그 덕에 이 술집은 장인의 발가락에 끼어 반절이 무너졌으나 사포에서 가장 빨리 원래 모습을 되찾을 수 있었다.

김 대사는 포석정을 따라 만든 작은 물길이 있는 방에서 창밖을 내려다보며 술을 마셨다. 유난히 술이 달다며 기뻐하고 있을 때, 병사 하나가 돌돌 말린 작은 전갈을 들고 왔다.

"대사! 당포에서 전갈이 왔습니다!"

"무엇이냐?"

김 대사는 술잔을 내려놓고 쪽지를 받아 펼쳤다. 흑삼치가 보낸 전갈이었다. 당포에 퍼진 돌림병은 산해파리라는 은퇴한 해적이 저지른 짓이며 배후에 박 한찬이 있다는 내용이었다.

"아니, 흑삼치가 당포에 있다고?"

흑삼치 나름의 꾀였다. 김 대사와 박 한찬이 앙숙이라는 것을 알고 있는 흑삼치는 김 대사가 박 한찬을 처리하게끔 산해파리의 자백을 알리는 것이 낫겠다고 생각했다. 산해파리의 꿍꿍이를 안 이상 가만있을 순 없었다.

김 대사는 두툼한 볼살을 푸르르 떨며 쪽지를 구겼다.

---

* **구휼미**: 재난을 당하거나 가난한 사람에게 나눠 주는 쌀

"역시! 박 한찬이 뒤에 있었어! 당포를 호시탐탐 노리더라니. 장인 때문에 조정에서 눈칫밥 먹고 있는데 그 틈에 돌림병을 심어?"

박 한찬과 김 대사의 원한은 가문 대대로 뿌리가 깊었다. 김 대사는 박 한찬의 트집을 잡아 깎아내릴 기회만 노렸고, 박 한찬 역시 김 대사의 관할지에서 노른자로 꼽히는 사포와 당포를 삼키려고 뒤에서 공작을 벌이기 일쑤였다.

'박 한찬, 이놈이 당포에 돌림병까지 뿌린 것은 필시 관리 부실을 핑계로 당포를 빼앗으려는 계략일 터. 이를 좌시하지 않으리.'

김 대사는 새로 지은 옷이 구겨질세라 조심하며 일어났다.

"여봐라! 당장 마차를 준비해라! 관청으로 돌아가야겠다."

그 순간 창밖에 있는 미모의 여인이 눈에 들어왔다. 김 대사는 방금까지 분개한 것도 까맣게 잊고 창가로 달려가 여인을 내려다보았다. 비단처럼 반짝반짝 빛나는 갈색 머리카락에 유난히 피부가 희어 창백해 보이는 여인이었다.

김 대사가 홀린 듯이 물었다.

"여봐라! 저 여인은 누구냐?"

병사는 익히 아는 사람이라는 듯 말했다.

"잠시 여행으로 사포에 들른 여인입니다. 어찌나 아름다운지 사포의 사내들이 그녀를 보려고 문 앞에 줄을 서 있다고 합니다. 실은 우리 병사 중에도 거기 줄을 선 자들이 있었습죠."

"말이 길다! 이름은?"

"파사낭낭이라고 합니다."

5

　파사냥냥은 하인을 물리고 홀로 사포를 거닐었다. 시장은 장인
이 남긴 흔적과 백성들의 활기가 뒤섞여 기묘한 분위기를 풍겼다.

　시장을 구경하던 파사냥냥의 발걸음이 멈췄다. 귀족들이 모여
바둑을 두는 저잣거리의 찻집이었다. 다들 사포에서 열리는 바둑
대회를 대비하는 중이었는데, 귀족 아이들도 바둑판을 가운데 두
고 왁자지껄 떠들고 있었다.

　백돌을 집은 아이가 수세에 몰려 있었다. 파사냥냥은 백돌을 든
아이에게 귓속말을 했다. 아이가 눈을 동그랗게 뜨고 하얀 바둑알
을 놓자 순식간에 상황이 역전되었다.

　"자, 이제 어떻게 이길 테냐?"

　"야, 그러는 게 어딨어?"

　파사냥냥은 흑돌을 집은 아이가 억울해하자 그 아이에게도 귓

속말을 했다. 그러자 또다시 순식간에 상황이 뒤집혀 흑돌이 이기는 형국이 되었다.

"이런 걸 국면의 전환이라고 한단다. 너희 그거 아니? 신선놀음에 도끼 자루 썩는 줄 모른다는 말? 그 신선놀음이 바로 바둑을 말한단다. 그러니 바둑을 둘 때는 꼭 시간을 봐 가면서 하렴."

파사낭낭이 한쪽 눈을 찡긋하며 아이들에게 말했다. 아이들은 바둑의 여신 같은 파사낭낭을 보고 넋을 잃은 채 고개를 끄덕였다. 그에게 반한 건 아이만이 아니었다. 시장 상인들도 파사낭낭의 미모에 반해 너도나도 호객 행위를 했다.

"낭자, 낭자에겐 오늘 국수를 공짜로 드리겠습니다!"

"여기로 오세요, 낭자! 낭자를 꼭 닮은 꽃 모양의 오색떡을 대접하겠습니다!"

"끽 끽끽 끽."

접시를 돌리던 원숭이마저 파사낭낭의 시선을 끌려고 꼬리로 물구나무서기를 선보였다. 파사낭낭은 바둑알처럼 까맣고 커다란 눈동자를 빛내며 웃었다.

그러다 갑자기 파사낭낭이 기침을 하며 비틀거렸다. 입을 막았던 하얀 소매에 새빨간 피가 묻어 나왔다.

"오늘 외출도 무리였나……."

파사낭낭은 하는 수 없이 타고 왔던 마차에 올라 객사로 돌아갔다. 객사는 여관 같은 곳으로 파사낭낭처럼 여행을 다니는 자들이 잠시 묵는 곳이었다. 파사낭낭은 지병 때문에 일부러 단독채에

머무르고 있었다.

파사낭낭이 탄 마차를 본 여자 하인이 헐레벌떡 나왔다.

"벌써 오셨어요? 안 그래도 좋아하시는 두즙을 만들던 참이었습니다."

하인이 파사낭낭을 부축해 마차에서 내리는 것을 도왔다. 문 앞에 웬 꽃다발이 놓여 있었다. 화려하지는 않지만 매우 아름답고 독특한 꽃이었다.

"또 누가 꽃다발을 두고 갔나 봅니다. 어디를 가든 어찌 알고 이렇게 꾸준히 꽃을 바치고 가는지 참……."

하인은 그 정성이 대단하다고 혀를 내두르며 꽃다발을 내밀었다. 꽃송이에는 귀족들이 입는 주름진 치맛자락 같은 다섯 가닥의 하얀 꽃잎이 달려 있었다. 꽃잎의 가운데는 피를 머금은 입술처럼 새빨간 색을 띠었으며 보송보송한 노란 수술이 도깨비 방망이처럼 솟아 있었다.

"이 꽃은 대체 무슨 꽃일까요?"

하인이 물었다.

"단 하루 만에 싹을 틔우고, 잎과 줄기를 뻗고, 꽃을 피우고, 씨까지 맺은 뒤 죽어 버리는 꽃. 그러고는 다음 날 다시 꽃을 피우는 꽃. 그렇게 매일 생과 사를 반복하는 근화초라고 한단다. 신비한 괴물 꽃이지."

"허익! 괴물이요? 이리 아름다운 꽃이 괴물이라고요?"

"괴물이라고 해서 다 흉측하고 나쁜 것만은 아니다. 우리가 이해하지 못하고 알지 못하는 모든 것을 괴물이라고 부를 뿐이지. 나는 이 근화초가 부럽단다."

"괴물 꽃이 부럽다니 무슨 말씀이십니까! 이런 꽃보다 몇 곱절은 아리따우시면서요!"

"언제 죽어도 이상하지 않은 비루한 인생일 뿐이지. 매일 피를 토하며 서서히 죽어 가는……. 그런데 근화초는 죽어도 다음 날 다시 살아나 꽃을 피우니 이 얼마나 용감하고 대단한지. 차라리 근화초처럼 살면 좋겠구나."

하인은 뭐라 위로할 말을 찾지 못하고 고개를 숙였다.

파사낭낭은 지난 4년간 신라 전역을 돌며 내로라하는 의원들을 다 찾아다녔지만 모두 고개를 저었다. 서역에서 수입한 신비한 약재도, 남국에서 들여온 값비싼 향료도 소용없었다.

"그런데 대체 누굴까요? 어딜 가든 따라와 근화초라는 괴물 꽃을 바치고 가는 사람이라니."

그 말을 듣자 이미 누군지 짐작한 듯 파사낭낭의 표정이 굳어졌다. 파사낭낭은 고개를 들어 주변을 돌아보았다. 아무도 보이지 않았지만 파사낭낭은 싸늘한 표정을 지어 보였다. 하인은 더 이상 묻지 못하고 파사낭낭을 안으로 모셨다.

그때 멀리 커다란 나무 뒤에서 누군가 파사낭낭을 지켜보고 있었다. 산해파리였다.

'근화초처럼 매일 생과 사를 이겨 내고 꽃 같은 웃음을 피우는 강인한 사람. 지금은 저렇게 차갑지만 필시 내가 그의 건강을 되찾

아 준다면, 다시 내게도 아름다운 미소를 보여 줄 것이다.'

그때까지는 파사낭낭에게 모습을 드러내지 못하고 이렇게 꽃으로 위로할 수밖에 없다는 사실이 답답하고 애통했다.

"파사낭낭, 언젠가 그대도 알게 될 거요. 내가 얼마나 그대를 사랑하는지. 끝내는 반드시 당신의 웃음을 보고 말겠소. 그를 위해 희생이 필요하더라도."

산해파리의 눈빛이 잔혹하게 변했다. 산해파리는 또 다시 새로운 실험을 구상하는 듯 번들번들한 안광을 빛내며 나무 위로 날아가 사라졌다.

그 시각 철불가는 여전히 벽을 파고 있었다. 어찌나 열심히 팠는지 고운 손가락에 굳은살이 배길 것 같았다. 아직 자신의 긴 다리만큼도 못 팠지만 희망의 끈을 놓지 않았다.

"철불가가 이런 감옥에 갇혀서 썩을 수야 없지. 미안하다, 소소생. 나 먼저 나가마."

"역시 절 버리고 갈 생각이었군요?"

소소생의 목소리가 들렸다. 한데 저 멀리 감옥 어딘가에서 들리는 소리가 아니라 바로 뒤에서 들리는 것처럼 또렷했다.

철불가가 고개를 돌리자, 감옥 문 바로 앞에 소소생과 범이가 서 있었다.

"너 어떻게 나온 거냐? 범이가 탈출시켜 준 거야?"

"훗. 비밀 병기로 나왔죠."

소소생은 손가락으로 코 밑을 쓱 닦으며 말했다.

"누가 들으면 자기 혼자 한 줄 알겠네. 나 아니었으면 꼼짝없이 굶어 죽었을 놈이."

범이가 딴지를 걸었다.

"그래. 방심하다가 병사들이 순찰하러 오자마자 천장에 파리처럼 딱 붙은 건 봤지. 괜히 나까지 긴장돼서 혼났네."

소소생이 받아치자 둘은 서로 이마를 맞대고 으르렁거렸다.

소소생과 범이는 병사들이 순찰하는 동안 숨죽이고 있다가, 병사들이 교대하러 자리를 비운 사이 빠져나온 것이었다.

"너흰 또 어떻게 들어왔냐?"

철불가가 청동 숟가락으로 소소생의 뒤를 가리켰다. 소소생과 범이가 뒤를 돌아보자, 어느 틈엔가 흑삼치와 고래눈이 서 있었다.

"고래눈 형제!"

"고래눈!"

범이와 소소생이 동시에 외쳤다.

"아니, 여긴 나 빼고 다 들락날락하는 거야?"

철불가가 황당한 표정으로 말했다.

"철불가, 네놈이 살아 있는 모습을 이렇게 다시 보게 되다니. 혓바닥만 긴 줄 알았더니 명도 길구나."

흑삼치가 이를 뿌득뿌득 갈며 말했다.

"에이, 왜 이러실까. 난 목도 길고 팔다리도 길다네. 천하의 흑삼치까지 여길 행차하다니 감개무량한걸. 철불가의 옥바라지를 위해 김 대사의 비밀 감옥까지 와 주고, 자네의 정성에 눈물이 앞을 가리는군."

철불가가 눈물을 닦는 시늉을 하며 약 올렸다.

"그래, 그 혀 실컷 놀려 봐라. 옥바라지가 지옥 바라지가 되게 해 줄 터이니."

"후후. 황천길까지 손잡고 가잔 건가? 이거 이거 황천길까지 같이 가잔 사람이 너무 많아서 두 손이 부족하다니까?"

"그럼 그 두 손을 내가 네 갈래로 갈라 주마. 어떠냐?"

흑삼치가 살기를 띠고 말했다. 철창을 사이에 두고 철불가와 흑삼치가 칼을 품은 대화를 나누는 동안 소소생과 고래눈은 둘만의 묘한 분위기에 싸여 있었다. 고작 며칠 만에 보는 것인데도, 소소생은 몇 해 만에 만난 듯 고래눈이 반가웠다.

"오랜만이구나. 당포에 다녀왔다던데 몸은 괜찮으냐?"

고래눈이 눈길로 소소생을 훑으며 말했다. 다친 곳은 없는지 확인하는 듯했다.

"저는 무사합니다. 고래눈이야말로 여긴 어쩐 일이십니까. 그것도 저 험상궂고 무서운 흑삼치와 같이 나타나다니요."

"강물이든 바닷물이든 한데 섞으면 다 같아지는 법. 원수도 바다에선 동지가 되기도 한다. 해적끼린 자주 있는 일이야."

고래눈답게 담백한 답이었다. 죽도에서 흑삼치를 쏘아붙이던 고래눈은 온데간데없었다. 유치한 덕담을 좋아하는 소소생에게는 고래눈의 말이 가끔 어려웠으나 그런 모습마저 멋있어서 좋았다.

"저기, 밥은 잘 드시고 다니십니까? 얼굴을 보니 전보다 좋아지신 것 같아서……"

소소생의 쑥스러워하는 모습이 눈꼴시어 범이가 끼어들었다.

"고래눈 형제가 살이 쪘다고 놀리는 거냐?"

"아니, 아닙니다! 그게 아니라, 그러니까 저는 살이 찐 것도 좋고. 하지만 고래눈이라면 해골처럼 비쩍 마른 것도 좋은데……"

"고래눈 형제가 해골처럼 비쩍 곯았다?"

"아니 그런 말도 아니고 그러니까, 고래눈은 뭔들…… 그런 소린데."

소소생은 당황해서 헛소리를 지껄였다. 범이는 이 모습이 우스워서 계속 골리고 싶었으나 고래눈이 그만하라고 눈치를 주었다.

"시간 끌지 말고 고래눈 형제에게 빚진 것이나 돌려드려라."

범이가 말했다.

"아차, 그렇지!"

소소생이 서둘러 품에서 고래 풍탁을 꺼냈다.

"여기 풍탁입니다. 풍탁이 내는 쇳소리 덕에 거악에게 잡아먹힐 위기를 넘겼어요. 감사합니다."

"그래. 다행이구나."

고래눈이 풍탁을 받으려고 손을 뻗자 소소생이 서둘러 말했다.

"풍탁 소리가 아주 좋더라고요……. 하하. 매일매일 듣고 싶을 정도입니다. 아니, 그래서 제가 갖겠다는 건 아니고……"

소소생은 고래눈 앞에만 서면 바보가 되어 아무 말이나 정신없이 주절거리느라 말을 많이 할수록 상황은 더 엉망이 됐다.

자기도 모르게 풍탁을 쥔 소소생의 손에 힘이 들어갔다. 고래눈은 풍탁을 몇 번 당기더니 고래수염처럼 하얀 앞머리를 귀 뒤로 넘기며 풋, 웃었다. 그 바람에 소소생이 손에 주었던 힘이 빠지면서 풍탁을 당기던 고래눈이 중심을 잃었다.

"헉! 죄송합니다!"

깜짝 놀란 소소생이 넘어질 뻔한 고래눈의 손을 붙잡았다.

"……그럼 이번엔 받았다 치고, 다시 빌려주마. 다음에 만날 때까지 무사하다면 그때 돌려주거라."

고래눈이 풍탁을 다시 소소생의 손에 올려놓았다.

'손! 손! 손을 잡았잖아! 꺅!'

소소생은 크게 소리 지르고 싶었지만 꾹 참았다. 얼굴이 빨갛게 달아오른 소소생은 마음을 들킬까 봐 고개를 돌렸다.

"빨리 나가야 합니다. 서두르시죠."

두 사람의 묘한 기류에 범이가 다시 나섰다. 후줄근하게 생긴 녀석이 고래눈을 흔드는 것 같아 마음에 들지 않았기 때문이다. 범이는 나중에 이 녀석을 혼쭐내고 말겠다고 속으로 다짐했다.

"흑삼치, 당신은 여긴 어쩐 일로 따라온 겁니까."

범이가 흑삼치에게 물었다.

"그래. 무슨 일인데 감옥까지 기어 들어와서 분위기를 흐리나? 저기 젊은이들처럼 애틋한 반응을 기대했다면 오산이라네."

철불가도 툴툴대며 거들었다.

그제야 고래눈도 정신을 차린 듯 흠흠 헛기침을 했다. 고래눈은 산해파리의 수첩을 품에서 꺼냈다.

"산해파리의 일지요. 이자가 당포와 죽도에 도착했을 때부터 최근까지 써 온 것인데 그 내용이⋯⋯."

"무엇이 쓰여 있길래요?"

소소생이 물었다.

"보면 알 거다. 그자가 어떤 자인지."

흑삼치는 말도 꺼내기 싫다는 표정으로 고래눈의 손에서 수첩을 빼앗듯 가져가 소소생에게 던져 주었다. 소소생은 수첩을 빠르게 읽어 나갔다. 처음에는 악행록이라니 우리 산해파리 님께서 악행을 하셔 봤자 잘생긴 얼굴을 막 쓰는 정도밖에 더 있겠나라는 심정이었다. 하지만⋯⋯.

"에이, 아니죠? 말도 안 돼. 산해파리라는 동명이인이 있는 거 아니에요? 아님 산해파리 님을 모함하는 거라든가⋯⋯."

소소생은 부정하면서도 배신감과 분노가 차올라 수첩을 들고 있던 손이 부들부들 떨리기 시작했다.

"산해파리 님은 박준희 선생님처럼 훌륭하고 멋진 분인 줄 알았는데⋯⋯. 어떻게 사람이 이런 추악한 짓을⋯⋯."

소소생은 뒤통수를 맞은 것처럼 머리가 뻐근하게 아팠다. 어찌나 놀랐는지 다리에 힘이 쭉 빠질 지경이었다.

"산해파리가 이미 인정했다. 심지어 박 한찬이 자기를 협박해서 당포에 그런 짓을 벌였다고 하더군."

철불가는 소소생에게 산해파리의 수첩을 받아 휙휙 넘기더니 수첩을 탁 덮으며 말했다.

"박 한찬과 산해파리라……. 일지를 보니 박 한찬이 없었어도 산해파리가 뭔 일을 내도 냈을 것 같군."

"그보다 지워진 글자가 무엇인지 알겠소? 돌림병이라고 속인 괴물의 정체 말이오. 대체 누구를 살리려고 이런 짓을 벌인 것인지도."

고래눈이 물었다. 철불가는 "그거야……." 하고 뜸을 들이더니 감옥 문에 달린 자물쇠를 가리켰다.

"이걸 풀어 주면 알려 드리지."

언제나 평상심을 유지하던 고래눈조차 이번엔 동공이 흔들렸다. 철불가를 한 대 패고 싶었는지 잠시 아랫입술을 깨물었으나 이내 인상을 풀고 말했다.

"이 자물쇠는 백제의 궁궐에서나 쓰이던 것이오. 열쇠가 없다면 만든 자도 열 수 없다고 알려져 있지."

"엥? 그럼 난?"

"하하하. 거기서 평생 김 대사의 귀여움이나 받아야 하겠군."

흑삼치가 아주 고소하다는 듯이 웃었다.

"아니, 난 모르겠고. 날 풀어 주지 않으면 나도 내가 알아낸 것을 말해 주지 않겠네. 불로 녹이든, 얼려서 깨든, 천하의 대도를 부르든 단서를 알고 싶다면 이 자물쇠부터 어떻게 해야 할 걸세."

철불가가 시위를 하듯 누워 버리자 고래눈이 오합도의 단검을 자물쇠에 박고 망치를 치듯 세게 내려쳤다. 하지만 자물쇠는 꿈쩍도 하지 않았다. 고래눈은 그럴 줄 알았다는 듯 어깨를 으쓱했다.

"말했잖소. 아무도 열지 못한다고."

범이도 힘으로 자물쇠를 부숴 보려 했으나 연거푸 실패했다.

소소생은 저 얄미운 녀석이 고래눈 앞에서 힘자랑을 하려다 잘됐다고 자꾸만 올라가는 입꼬리를 내리느라 힘들었다.

흑삼치도 싫으나 좋으나 믿거나 말거나, 그가 나와야 돌림병에 걸린 부하들을 살릴 수 있기에 철살도를 꺼냈다. 흑삼치가 잔뜩 힘을 주어 철살도를 휘둘렀다. 바위도 단번에 베어 내는 철살도였으나 이 자물쇠만큼은 절대 베어지지 않았다. 어찌나 튼튼하게 만들었는지 흑삼치조차 혀를 내둘렀다.

"에잉. 그냥 숟가락으로 벽이나 팔란다. 다들 도움이 안 되네. 이러면 나도 너희를 도와줄 수가 없어."

철불가는 한숨을 쉬며 다시 청동 숟가락을 쥐었다. 그때 소소생의 헝겊 인형에서 쪼르르 콩쥐가 기어 나와 소소생의 어깨에 올라섰다.

"어디서 또 저런 벌레는 묻혀 와서는. 쯧."

철불가가 혀를 차자 소소생이 콩쥐를 손으로 감싸 안았다.

"이 녀석은 제 친구예요. 이름은 콩쥐라고 지었어요. 죽도에 있는 산해파리의 집에서부터 저를 따라온 의리파라고요. 아, 철불가가 말한 흑갑신병이라는 병사들은 산해파리도 모르나 보던데요. 이런 벌레나 있었죠."

철불가는 소소생의 말에 콩쥐를 유심히 보더니 파하하하 크게
웃었다.

"등잔 밑이 어둡다더니 넌 흑갑신병을 코앞에 놓고도 모르는
구나."

"예?"

"네 손에 있는 콩쥐가 바로 흑갑신병이란 말이다."

6

"요 성질 더러운 벌레가요? 이렇게 작은 녀석이 어떻게 흑갑신병이에요? 흑갑신병은 검은 갑옷을 입은 귀신 같은 병사 아닙니까?"

소소생이 머리를 긁으며 말했다.

"그래! 봐라, 갑옷 같은 검은 껍질에 귀신 같이 생겨 먹은 '작은' 병사 아니냐?"

철불가의 말을 듣고 찬찬히 살펴보니 정말 그러했다.

반질반질 윤이 나는 검은색 껍질은 손톱으로 꾹 눌러도 끄떡 없을 만큼 단단했고 사람처럼 눈, 코, 입이 달린 얼굴은 꼭 귀신처럼 보이기도 했으며 앞발에 달린 날카로운 발톱은 병사가 든 무기 같았다.

"진짜 그렇네요? 어쩐지 보통 벌레가 아니라고 생각했는데 실은 괴물 벌레였다니!"

소소생이 말하자 콩쥐는 이제야 알았냐는 듯 배를 내밀고 뻐기는 자세를 취했다. 그러고는 용맹하게 소리를 질렀다.

"산해파리가 최근 몇 년 사이 부쩍 괴물을 잡고 다닌다는 소문을 들었다. 그중 가장 아끼는 괴물이 흑갑신병이라고 해서 큰 놈들인 줄 알았는데 이런 작은 벌레라니. 어째서 이런 쓸모도 없어 보이는 놈을 데리고 있었을까?"

철불가는 그 잘난 턱수염을 쓰다듬었다. 철불가가 알던 산해파리는 이런 좀스러운 벌레나 키우며 즐거워하는 아기자기한 놈이 아니었다. 잔혹한 해적이라 이름을 떨치던 그라면 필시 이유가 있을 터. 철불가는 불현듯 무언가 생각이 났는지 산해파리의 수첩을 펼쳐서 휘리릭 넘겼다.

"이거다!"

철불가가 수첩을 넘기더니 어느 지점에서 멈췄다. 철불가가 손가락으로 콕 찍어서 가리켰다.

"자, 여기 **'벌레 같은 것을 발견했다. 그것은 괴물**██████'이라고 되어 있지? 이 뒤에서는 **'이렇게 생겼을 줄이야'**하고 놀라지. 즉, 산해파리가 갖고 있던, 놀랄 정도로 작아서 벌레처럼 보이는 괴물이 바로 이 녀석이라는 얘기지."

"정말 그렇네요? 그럼 이 **'괴물**██████'은 흑갑신병이군요?"

소소생이 고개를 끄덕였다. 흥미가 생긴 흑삼치와 고래눈도 철창을 사이에 두고 철불가에게 모여들었다. 다들 관심을 갖자 철불가가 갑자기 거들먹거렸다.

"그래, 척척박사 철불가, 아니 척불가가 아니면 몰랐을 어마어마한 단서 아니겠나?"

"닥치고 설명이나 마저 해."

흑삼치가 노려보자 철불가가 깨갱하며 꼬리를 내렸다. 철불가는 얼른 수첩을 넘겼다.

"그렇다면 이제 산해파리가 파리보다도 쓸모가 없어 보이는 이 괴물 녀석을 왜 키우고 있었는지 나오지."

철불가가 가리키는 부분을 소소생이 읽었다.

"**흑갑신병은 살아 있는 염병이다. …… 구토, 각혈, 피 눈물.** ……? 어랏?"

소소생은 읽다 말고 놀라서 물었다.

"설마 콩쥐가……?"

"내 부하들이 죽어 가는 게 이 흑갑신병 때문이라는 거냐?"

철불가가 고개를 끄덕였다. 그 말에 범이가 헉! 소리를 내며 콩쥐를 피해 뒤로 물러섰다. 고래눈과 흑삼치도 콩쥐를 보는 시선이 달라졌다.

"아니 그렇다면 당포 사람들이 바보도 아니고, 산해파리한테 저항도 못 하고 벌레를 삼켰단 말이냐? 내 부하들도?"

흑삼치가 의문을 제기했다. 범이 또한 믿을 수 없어 고개를 갸웃거렸다.

"일지를 토대로 추리해 보면, 아마 산해파리는 이랬을 거야."

철불가가 구연동화를 읊듯 이야기를 시작했다.

산해파리는 먼저 당포 사람들에게 의원처럼 다가가 자잘한 병을 고쳐 주며 환심을 샀어.

의원님,
오셨습니까?

이게 허리 아픈 데에
좋다고 하더군.

나중엔 그걸 이용해서 병을 고치는 신묘한 약초라도 주는 척하며
흑갑신병을 먹였을 거야.

산해파리의 실험 기록을 보면 흑갑신병은 숙주를 살려 둔 채 몸에서 나간 적이
없는 듯하더군. 그러니 사람 몸에 들어간 흑갑신병은 나가려고 요동쳤을 거고.

크헉

"…그리고 그렇게 병자들의 시체에서 나온 녀석들이 당포 밖으로 퍼졌겠지. 자 어떠냐, 산해파리의 일지를 풀어낸 내 실력이."

철불가는 수첩을 잠깐 훑었을 뿐인데도 숨겨진 괴물의 정체가 흑갑신병이라는 것을 알아냈다. 소소생이 콩쥐를 산해파리의 집에서 데려왔다는 작은 단서에서부터 시작된 추리였다.

"그렇다면, 이 흑갑신병이 좋아한다는 것이 설마…… 두부?"

소소생은 콩쥐가 두부라면 사족을 못 쓰던 것을 떠올렸다.

"그렇겠지. 산해파리가 살리려는 사람은 파사낭낭이었을 테고, 파사낭낭은 두즙을 입에 달고 살았으니 말이야."

소소생은 자신의 덕담에 미소 짓던 산해파리의 얼굴을 떠올렸다. 이런 짓을 해 놓고 어떻게…… 어떻게 그렇게 웃을 수 있단 말인가. 소소생은 분노를 넘어 모골이 송연했다.

"이놈이 그렇게 무서운 놈이라니. 당장 죽여야 합니다!"

범이가 칼로 흑갑신병을 겨눴다.

"맞다. 우리까지 이놈에게 당할지 모르니 태워 없애든 밟아 없애든 씨를 말려야 한다."

흑삼치도 범이 편을 들었다.

"아니에요! 우리 콩쥐가 그럴 리 없어요. 산해파리가 나쁜 거지, 콩쥐는 죄가 없어요! 보세요. 저는 지금 멀쩡하잖아요!"

"응. 너도 곧 죽을걸?"

흑삼치가 팔을 꼬며 말했다.

"네? 그, 그럴 리가?"

소소생은 두려운 눈으로 손바닥에 올려 둔 콩쥐를 내려다보았다. 소소생을 보는 콩쥐의 표정이 유난히 사악해 보였다.

"어, 어쨌든 아닐 거예요. 게다가 콩쥐는 길들일 수 있어요. 아까 저더러 어떻게 감옥에서 나왔냐고 물으셨죠? 콩쥐에게 두부를 먹였더니 제 손발을 묶은 밧줄을 잘라 내고, 열쇠 구멍에도 들어가서 잠긴 문을 열어 주었어요."

"흑갑신병이 아무리 괴물 벌레라 하나 벌레일 뿐이다. 이렇게 정교한 자물쇠를 어떻게 이놈을 이용해서 연단 말이냐?"

흑삼치는 소소생의 말을 믿지 않았다.

"못 믿겠으면 보여 드릴게요. 마침 아까 남은 두부가 있으니 이걸로……."

소소생이 주머니에서 천으로 싸 놓은 두부를 꺼냈다. 두부를 꺼내자마자 콩쥐가 더듬이를 마구 움직이더니 흥분해서 크아앙 포악한 소리를 질렀다. 소소생은 콩쥐가 날뛰는 것을 보고 정말 자기를 죽여 버리면 어쩌나 무서워 침을 꼴깍 삼켰다.

"저기 콩쥐야, 아니 콩쥐 님? ……혹시 자물쇠를 열어 주실 수 있을까요?"

소소생이 목소리를 떨며 부탁했다. 소소생은 콩쥐를 조심스럽게 감옥 문에 달린 자물쇠 위에 올린 뒤 두부를 조금 떼어서 놓았다. 콩쥐는 작지만 톱니처럼 뾰족뾰족한 이빨로 두부를 순식간에 먹어 치웠다. 기분이 좋은지 찌르르 소리를 내었다.

"콩쥐야, 이 자물쇠 안으로 들어가서 잠금쇠를 잘라 올 수 있겠니? 나를 구해 줬을 때처럼 해 주면 두부를 더 줄게."

콩쥐는 먹을 걸로 치사하게 무슨 짓이냐는 듯 크앙 크앙 소리를 질렀다. 매우 미미하게 나는 소리라서 조금도 위협적이진 않았으나 콩쥐는 무척 심각하고 진지했다.

소소생이 기분을 달래 주려고 두부를 한 조각 더 뜯어서 주자, 콩쥐는 빠르게 먹어 치우더니 자물쇠 구멍으로 뽈뽈뽈 들어갔다. 곧 철컥철컥 소리가 나더니 자물쇠가 덜컥 열리며 바닥으로 떨어졌다. 콩쥐가 자물쇠에서 작은 쇳덩이를 앞발로 들고나왔다.

"열렸다!"

소소생이 좋아서 작게 소리쳤다.

"이게 진짜 되네?"

범이가 놀라서 말했다.

고래눈이 신비로운 보물을 보듯 흑갑신병 콩쥐를 바라봤다.

"역시 괴물은 괴물이구나. 크기와 상관없이 이렇듯 신묘한 능력을 가지고 있으니 말이다."

"크아앙!"

고래눈의 말이 마음에 드는지 콩쥐는 온몸을 푸드덕 흔들며 포효했다.

흑삼치의 시선도 달라졌다. 이전엔 그저 부하들의 목숨을 앗아가려는 괴물처럼 보였는데, 이제는 그 눈에 탐욕이 깃들었다.

"그래, 정말 괴물은 괴물이야. 내게도 이런 괴물 부대가 있다면……."

끼익— 철불가가 감옥 문을 밀고 뛰쳐나왔다.

"좋아! 이제 철불가의 시간이다!"

철불가의 외침에 병사들의 소리가 들려왔다.

"잠깐, 철불가 목소리다!"

"철불가한테 가 봐! 이 녀석 이번엔 또 무슨 일이냐!"

"차라리 잘됐어! 이참에 아예 죽여 버리자!"

꺾어진 벽으로 무기를 들고 오는 병사들의 그림자가 점점 가까워지고 있었다.

"탈옥도 더럽게 요란스럽네. 빨리 오기나 해!"

흑삼치가 이를 악물고 철불가의 멱살을 잡아끌었다. 고래눈과 범이, 소소생은 이미 저만치 달아나고 있었다. 철불가는 오랫동안 갇혀 있다가 풀려나서인지 흥분한 상태였다.

"놈은 이 지독한 짓을 해서라도 살리고 싶어 하는 자에게 갔을 게다. 바로 파사낭낭에게로! 가자, 산해파리 잡으러! 하하하!"

철불가는 흑삼치에게 끌려가면서도 웃으며 소리쳤다.

"철불가가 탈옥했다!"

"세상에! 저승사자 흑삼치에 고래눈까지 있다!"

"죽은 덕담계 해적 소소생까지 있다!"

"모조리 잡아라!"

김 대사의 병사들이 달려오며 외쳤다.

"나는? 나도 엄청 포악한 범고래 해적, 범이라고!"

범이가 억울해서 소리쳤지만 병사들은 들은 척도 하지 않고 범이를 제외한 나머지들에게 화살을 쏘고 창을 던졌다.

"따라오시오. 지상으로 올라가는 길을 알고 있소."

고래눈이 앞장섰다. 고래눈이 소소생의 손을 잡아끌었다.

'소, 손을 잡았어! 또……'

소소생은 고래눈의 손이 신경 쓰여서 심장이 쿵쿵 뛰었다. 고래눈은 상황이 급박해 소소생의 반응까지는 신경 쓰지 못했다. 고래눈은 일행을 김 대사와 병사들만 아는 비밀 통로로 안내했다. 반동같은 괴물은 마주치지 않고 곧장 지상으로 이어지는 통로였다. 병사들의 공격을 피해 계단을 오르니 철문 하나가 앞을 막고 있었다.

"비켜!"

흑삼치가 아래에서 올라오며 철문을 걷어찼다. 뻥! 시원한 소리가 나며 철문 두 짝이 공중으로 날아갔다. 출구는 김 대사 집 뒤뜰로 이어졌다.

마침 야심한 시간이었다. 뒤뜰을 곧장 달리면 김 대사의 집 담벼락이 있었고 담벼락을 넘으면 바로 시장이었다. 사포는 낮보다 밤에 열리는 야시장이 더 붐볐다. 흑삼치는 시장으로 달아나면 병사들을 쉬이 따돌릴 수 있겠다고 생각하며 빠르게 달렸다.

김 대사의 병사들이 무기를 휘두르며 뒤쫓았다. 병사들은 이 비장만큼은 아니었으나 모두 실력이 출중하여 일당백은 하는 인재들이었다. 병사 셋이 어느새 철불가의 지척까지 따라붙었다.

"흑삼치! 솔개날!"

철불가가 외쳤다. 흑삼치가 마녀묘에서 빼앗은 솔개날을 돌려 달라는 뜻이었다. 흑삼치는 돌아보지도 않고 허리춤에서 솔개날을 꺼내 획 던졌다. 철불가는 공중제비를 돌아 솔개날을 탁 손에 쥐었다. 허공에서 솔개날을 잡음과 동시에 방아쇠를 당겨 화살을 연발했다. 공중에서 솔개날을 쏘니 정말로 솔개가 하늘에서 매섭게 발톱으로 공격하는 것처럼 보였다.

철불가가 연발한 화살은 세 병사들에게 각각 날아가 그들을 쓰러트렸다. 철불가 하면 솔개날, 솔개날 하면 철불가 아니던가.

잠시 뒤 보고를 받은 김 대사가 활활 타오르는 불화살을 들고 허겁지겁 망루에 나타났다. 화살촉에 커다란 새 깃털이 달려 있었는데 거기서 불길이 치솟고 있었다. 어찌나 불길이 센지 어둠에 싸인 뒤뜰이 대낮처럼 환해졌다. 붉은색이며 푸른색으로 시시각각 색깔이 변화하는 불꽃은 맹렬한 기세로 무척 상서로워 보였다.

"이놈들! 게 섰거라! 그리하지 않으면 난새의 지옥 불을 맛보게 해 주마!"

"난새? 설마 난새의 깃털이라고 저게?"

철불가가 놀라서 김 대사를 돌아봤다.

"난새가 뭔데요?"

소소생이 물었다.

"난새는 아주 커다랗고 아름다운 괴물 새야. 하지만 아름다운 만큼 위험하지. 녀석의 꽁지깃에서 나오는 불길에 잘못 닿았다가는 재조차 남지 않고 다 타 버린다고!"

바로 그 엄청난 난새의 불꽃이 붙은 화살이 소소생과 철불가를 향해 날아왔다. 김 대사의 솜씨였다.

김 대사는 무예가 출중하진 않았으나 귀족들과 사냥을 하며 놀았던 터라 화살을 쏘는 실력만큼은 쓸 만했다. 김 대사는 이 비장을 당포로 파견 보낸 탓에 자신이 직접 활을 들어야 한다는 것에 아주 신경질이 났다.

난새의 불화살이 소소생의 가방에 날아가 꽂혔다. 화르르 난새의 불길은 순식간에 가방을 태우고 헝겊 인형에까지 옮겨붙었다.

"앗, 뜨거! 뜨거!"

소소생이 놀라 소리쳤다. 헝겊 인형에서 불길이 활활 치솟자 고래눈이 오합도로 헝겊 인형을 내리쳐서 바닥에 떨어트렸다. 그 사이 흑삼치와 철불가, 범이는 김 대사의 집 담벼락을 뛰어넘고 있었다.

거친 불길에 헝겊 인형을 채우고 있던 검은콩들이 펑! 펑! 소리를 내며 허공으로 튀어 올랐다. 콩들이 불길에 튀겨진 것이다.

"콩쥐! 콩쥐가 저 안에 있어요!"

난새의 불길이 콩쥐의 새까만 갑옷 같은 껍질마저 삼켜 버렸다. 화르르 맹렬하게 타오른 불길이 소소생에게는 콩쥐가 "크아앙! 크앙!" 괴로워하는 소리로 들렸다.

소소생은 바닥에 떨어진 헝겊 인형의 불을 끄려고 후후 불고, 손으로 부채질을 했다. 그러나 헝겊 인형에 붙은 불길은 더욱 거세졌다.

"으악. 어떡해!"

"소소생! 빨리 와!"

철불가가 담을 넘다가 소소생을 보고 외쳤다.

소소생은 김 대사 집 뒷마당에 있는 빗자루를 가져와 헝겊 인형을 퍽퍽 쳤다. 하지만 소용없었다.

웬만한 불에도 끄떡없을 것 같았던 콩쥐의 두꺼운 검은색 껍질이 괴물 새의 불길에는 속수무책으로 녹아내렸다. 헝겊 인형이 다 타고 콩쥐가 바닥에 떨어지자 소소생이 냉큼 달려가 웃옷의 소매를 찢어서 감싸 안았다. 아직도 뜨거웠으나 견뎌야만 했다.

소소생은 담벼락 위에서 기다리고 있던 고래눈의 손을 잡았다. 고래눈은 소소생을 담벼락 밖으로 던진 뒤 훌쩍 뛰어내려 달아나기 시작했다.

"범아, 우리는 파사낭낭에게로 갈 테니 너는 당포로 가서 상황을 살펴라. 혹여 이 비장이 백성들을 해코지하려거든 무슨 일이 있어도 막아야 한다!"

그렇게 범이는 따로 빠진 채 다른 일행은 야시장의 인파 속으로 뛰어들었다.

잠시 뒤, 김 대사 앞에 병사들이 고개를 조아리고 섰다.

"놈들을 놓쳤습니다! 죄송합니다, 대사!"

김 대사는 온화하게 웃어 보였다. 그는 억지 눈웃음을 지으며 병사에게 말했다.

"괜찮다. 너같이 못난 놈도 제 역할이 있는 법이니. 마침 반동이 배를 곯고 있으니 너는 오늘 반동의 밥이 되거라."

"예?"

"여봐라, 이놈을 반동 우리로 끌고 가라. 나머지는 해적들을 당장 잡아 오거라! 죽여도 상관없고 놈들을 토막 내 일부만 가져와도 상관없다! 임무를 완수하지 못하면 남은 너희들도 반동의 한입거리 반찬이 될 것이다!"

김 대사는 두려워 떠는 병사를 내버려 두고 돌아섰다. 귀중한 난새의 깃털까지 썼는데도 놓치다니. 역시 소문대로 악랄한 덕담계 해적 소소생이었다. 다음에는 반드시 놈을 잡아 산 채로 가죽을 벗겨서 바닥 깔개로 삼으리라.

김 대사는 엄지손톱을 잘근잘근 씹으며 다짐했다.

7

복구가 한창인 사포는 밤이 되자 다른 모습이었다. 짙은 어둠과 환한 등불이 폐허의 흔적을 감쪽같이 가린 것이다. 소소생 일행은 워낙에 개성 넘쳐 병사들의 눈을 따돌리기 힘들었지만, 야시장에 들어서니 자연스럽게 인파에 섞일 수 있었다. 그도 그럴 것이 각국에서 모여든 상인과 사신들에, 희귀한 동물과 기예를 펼치는 자들까지 있어서 해적 복장 정도는 별스럽지 않았다.

소소생은 고이 감싸 안았던 콩쥐가 걱정되었다. 죽었으면 어떡하지? 소소생은 실눈을 뜨고 포갰던 두 손을 펼쳤다. 그러자 까만 껍질을 두른 콩쥐 대신 하얀 갑옷 같은 껍질을 두른 벌레가 손바닥에서 용맹한 자태로 포효하고 있는 게 아닌가.

녀석은 백의의 전사처럼 반질반질 윤이 나는 껍데기를 두르고 있었고 앞발의 발톱이 그새 더 길고 날카로워져 있었다.

"너 콩쥐 맞아?"

그렇다는 듯 하얀 벌레가 앞발을 휘두르며 크앙 크아앙 하고 울부짖었다. 자세히 보니 콩쥐의 주변에 까만 껍질이 떨어져 있었다. 아마도 난새의 불길에 콩쥐의 까만 껍질이 녹으며 벗겨져 속에 감춰져 있던 하얀색 몸이 드러난 듯했다.

"어쨌든 살아 있어서 다행이야! 하얀 갑옷을 걸친 듯하니 흑갑신병이 아니라 백갑신병이라 해야겠구나. 하하하!"

소소생은 저 혼자 싱거운 덕담을 하며 웃었다. 옆에서 보던 흑삼치는 넌더리가 난다는 듯 고개를 저었고 고래눈은 쿡 하고 웃다가 빠르게 표정을 바꿨다.

소소생이 새하얗게 변한 콩쥐를 주머니 안에 넣어 주자, 콩쥐는 고단했는지 미동도 없이 잠을 자기 시작했다.

"철불가, 이제 우리는 어디로 가야 합니까?"

소소생이 물었다.

"아까 말했듯 산해파리가 지독한 실험을 해서라도 살려 줄 사람에게 가야지. 바로 파사낭낭 말이다."

"그분의 집을 아십니까?"

철불가가 시장을 한 번 둘러보더니 대답했다.

"모른다. 하지만 기다려 보거라."

철불가는 지나가는 행인을 불러 세웠다.

"이보시오. 여기 바둑판을 들고 다니는 이들이 왜 이렇게 많은 것이오?"

행인이 퉁명스럽게 대답했다.

"그것도 모르시오? 최근 김 대사가 또 무슨 병이 도졌는지 이번엔 바둑 대회를 열겠다고 하지 뭐요. 아직 복구도 다 안 된 사포에서 무슨……."

"흠. 그럼 귀족들도 많이 오겠구려."

"말해 뭐 하겠소. 지금 온 객사가 귀족들로 꽉 찼다고 하더군. 백성들은 죽어 나는데 팔자도 좋다, 팔자도 좋아."

"하나만 더 묻겠소. 한 번도 바둑에서 져 본 적이 없다는 여자가 혹시 어디 있는지 아시오?"

"파사낭낭 말이오? 그분은 아주 유명하지. 어여쁜 미모에 빼어난 심성에, 백전백승 바둑 실력까지. 나도 또 보고 싶군. 저쪽으로 가 보시오. 사내들이 줄을 길게 서 있을 테니."

행인이 멀어지자 철불가가 한쪽 눈을 찡긋 감으며 말했다.

"봤지?"

"시끄럽고 빨리 파사삭인지 뭔지가 있는 곳이나 찾아!"

흑삼치가 철살도 끝으로 철불가의 등을 콕콕 쑤시며 말했다. 마음 같아선 방금 찡긋한 한쪽 눈을 확 그어 버리고 싶었다.

"흑삼치, 확실히 해 두겠는데 난 지금 자네 인질이 아니라고. 내가 이렇게 협조하는 건 어디까지나 파사낭낭 때문이야. 그리고 산해파리와의 악연을 깔끔하게 정리하고 싶어서네. 이렇게 함부로 대하면 아무리 대인배인 나여도 기분이 상하거든."

"나야말로 확실히 해 두지. 철불가 네가 지금 살아 있는 건 내 부하들의 치료 때문이다. 그것만 해결하면 네 목은 내 철살도에 꼬챙이처럼 꿰어질 거야. 그러니 잊지 마라. 네놈의 팔다리 하나 정도는 없어도 그 같잖은 추리를 듣는 데에는 무리가 없다는 걸."

흑삼치가 살벌하게 말했다.

소소생은 되도록 철불가에게 말을 시키지 말아야겠다고 결심했다. 철불가가 말을 많이 할수록 흑삼치에게 찍혀서 명이 짧아질 것 같았다.

사포에 아침이 밝아 왔다. 파사낭낭이 머무는 객사 앞에 오늘도 아름다운 근화초 꽃다발을 놓는 이가 있었다. 산해파리였다. 고래눈과 흑삼치를 피해 달아났던 산해파리는 이곳을 다시 찾았다. 그는 지금부터 계획했던 일의 포문을 열기 위해 마음을 굳게 먹고자 파사낭낭의 얼굴을 보러 온 것이다. 산해파리가 꽃다발을 내려놓고 돌아서던 그때였다.

"여어. 산해파리, 잘 지냈나? 무인도에서 의원 놀이 하면서 지내니 재밌었나? 척척 괴물 박사라도 된 기분이었어?"

철불가는 정겨운 친구라도 만난 양 산해파리에게 인사했다.

"철불가, 안 그래도 네놈의 목을 가지러 가려 했는데 제 발로 나타났구나. 염치도 없이 감히 파사낭낭을 찾아오다니. 오늘 네놈의 목을 내 손으로 거둬 주마."

산해파리가 연검을 꺼내 철불가를 겨눴다. 고래눈이 두 동강 낸 연검을 버리고, 여분으로 구비해 두었던 새 검이었다.

"나만 보면 다들 죽이겠다고 난리니 참. 별수 있나 실력으로 눌러 주는 수밖에. 긴말 말고 얼른 덤비게!"

철불가가 산해파리를 보고 손을 까딱까딱했다. 산해파리는 춤추듯 출렁이는 연검을 철불가에게 휘둘렀다. 자신을 노리는 연검을 피해 철불가도 따라 춤을 추듯이 부드럽게 움직였다. 몸을 돌리면서 이리저리 휘어져 오는 연검을 피한 후 솔개날로 산해파리를 조준해 쏘았다. 솔개날로 연발한 다섯 개의 화살이 산해파리를 향해 날아갔으나 후드득 연검에 맞아 바닥에 떨어졌다.

"산해파리! 내 부하들의 목숨을 가지고 장난치는 네놈을 절대 곱게 죽이지 않겠다."

"무고한 백성들의 목숨값. 이번에야말로 받아 가겠소."

고래눈과 흑삼치도 가세하러 칼을 뽑았을 때 위엄이 서린 목소리가 들렸다.

"산해파리! 철불가! 아침부터 이게 무슨 짓입니까! 부끄럽지도 않습니까?"

파사낭낭이었다. 소란스러운 소리에 파사낭낭이 객사에서 나온 것이다. 예상치 못한 삼자대면에 세 사람은 시간이 멈춘 듯 서로를 바라보았다. 파사낭낭은 밝은 갈색빛이 감도는 머리칼을 허리까지 늘어트리고 있었다. 커다랗고 뾰족한 귀와 커다란 눈 때문인지 얼굴에는 총명함과 영특함이 깃들어 있었으며 옥색 비단으로 만든 옷은 그의 하얀 얼굴을 더욱 환히 밝혔다.

파사낭낭의 등장에 늘 장난스레 웃음을 품고 있던 철불가의 눈이 일순 그윽해졌다. 산해파리 또한 연검을 내리고 파사낭낭을 깊은 눈으로 바라보았다. 파사낭낭의 위엄 있고 아름다운 자태에 흑삼치는 웬지 반발심이 들었고 고래눈은 그저 감탄하고 말았다. 소소생도 과연 천하제일 미남이라 할 수 있는 산해파리와 철불가가 연적이 될 만한 미모라고 생각했다.

"무슨 일인지는 듣고 싶지도 않지만…… 보는 눈이 많으니 일단 들어오시지요."

파사낭낭이 두 사람을 꾸짖듯 말했다.

"아니 저기 내가 먼저 한 게 아니라 산해파리가 먼저……."

"파사낭낭, 이렇게라도 얼굴을 보니 좋군. 그대에게는……."

파사낭낭이 산해파리에게 싸늘한 눈초리를 보내자 산해파리가 조용해졌다. 두 사람은 무기를 거둬들이고 조용히 객사로 따라 들어갔다. 나머지 일행도 뒤를 따랐다.

그 시각 박 한찬은 궁궐 같은 집에서 한가로이 술을 즐기고 있었다. 그는 파리 한 마리 서 있지 못할 만큼 매끄러운 비단으로 만든 의복을 입고 있었다.

박 한찬은 파리한 피부색을 가진 데다 몸도 매우 호리호리하여 병약한 인상을 주었다. 그가 이러한 외모를 갖게 된 것은 게으름 때문이었다. 박 한찬은 가문의 힘으로 높은 관직에 올랐으나 일하기를 죽도록 싫어하였다. 해가 있을 때 길을 다니는 것을 싫어했고 움직이는 것도 싫어했으며 씹는 것도 귀찮아서 삼키기 좋은 술만 마셔 델 뿐이었다. 삼시 세끼 호화로운 음식을 얼마든지 누릴 수 있었으나 박 한찬에겐 술이 곧 밥이었고 숨 쉬는 것이 유일한 일과였다. 그는 주어진 일을 부하들에게 맡기고 매일같이 술집을 탐방하며 음주 가무를 즐기고 허송세월했다.

여느 날과 다름없이 이른 아침부터 박 한찬이 술잔을 들고 누워 있을 때였다. 일찍부터 부지런히 술상을 차린 게 아니라 지난밤부터 밤새 놀고 있던 참이었다.

"한찬께 전갈이 왔습니다!"

부하가 소리치며 다급히 들어왔다.

"어허! 내 음주 시간엔 방해하지 말랬거늘. 이 중요한 시간에 어찌 경박하게 큰 소리를 내느냐?"

박 한찬은 한량 노릇에 흐름이 끊기는 것을 죽도록 싫어했다. 따라서 중대한 보고라도 하려는 부하들을 벌로 엄히 다스렸다. 한찬은 저놈도 매를 번다고 생각하며 부하를 쏘아보았다.

"죄송합니다. 하지만 너무 급박한 일이라……. 김 대사가 보낸 전갈입니다."

박 한찬은 김 대사라는 말에 눈을 크게 뜨고 전갈을 낚아챘다. 일에는 터럭만큼도 관심 없었으나 남의 재물엔 관심이 지대하게 많은 그였다. 본디 노력하지 않는 자들은 남이 공짜으로 얻은 것을 배 아파하는 법. 박 한찬은 자신보다 신분도 낮은 김 대사가 교역

의 중심지인 사포와 당포를 관할하는 게 마음에 들지 않았다. 때문에 박 한찬은 호시탐탐 그곳을 노리고 있었다. 박 한찬은 김 대사가 보낸 종이를 펼쳤다.

> *한찬께서 당포에 퍼트린 죽음의 씨앗은 잘 보았소.*
> *한찬의 악행을 알게 된 바,*
> *이를 묵과할 수 없어 피의 처단을 결단하였소.*
> *당포에서 만나 결전을 벌이길 바라오.*

박 한찬의 표정이 김 대사의 전갈과 함께 확 구겨졌다.
"김 대사 네 이놈……!"
박 한찬은 김 대사의 전갈을 갈기갈기 찢었다.
"이 인간이 대체 무슨 말을 하는 게냐?"
"아마도 당포로 보낸 밀정*을 들킨 것 같습니다."
부하가 말했다.
"밀정? 무슨 밀정? 내 허락도 없이 밀정을 보냈단 말이냐?"
"한찬께서 당포에 밀정을 보내라고 하셨습니다. 김 대사에게 책잡을 만한 게 없나 뭐라도 캐내라고 하시어……."
"내가? 내가 그랬다고?"
박 한찬은 무능한 상사가 그렇듯 자신의 명령도 기억하지 못했

---

* 밀정: 남몰래 사정을 살피는 사람

다. 그는 김 대사가 주로 사포에만 머무르며 또 다른 관할지인 당포에는 잘 들르지 않는다는 것을 이용해 경계가 허술한 당포에 밀정을 보내라고 시켰다. 그 밀정이 흑삼치의 뒤를 밟다가 들켰던 자였다. 심지어 박 한찬은 당포에 돌림병이 도는 것조차 몰랐다.

"예. 한데 밀정이 흑삼치와 소소생이라는 해적에게 들켰다는 전갈을 마지막으로 보낸 후 소식이 끊어졌습니다."

"김 대사 그놈이 감히 우리 쪽 밀정을 죽인 건가?"

사실 김 대사가 보낸 전갈은 당포에 돌림병을 퍼트린 것에 대해 이야기하고 있었으나 박 한찬은 자신이 보낸 밀정을 말하는 줄로 착각했다. 박 한찬은 산해파리라는 인물도, 그가 돌림병처럼 보이는 죽음을 일으키고 있는 것도 전혀 알지 못했다. 박 한찬과 산해파리는 조금도 관련이 없었던 것이다.

이를 모르는 박 한찬은 김 대사의 전갈이 자신을 향한 선전 포고라고 받아들였다. 평소라면 만사 귀찮다며 내일 생각하겠다고 미룰 그였으나 김 대사를 향한 분노만은 귀찮음보다 강했다. 박 한찬은 큰 소리로 부하에게 명했다.

"모름지기 선공필승이라고 했다. 먼저 때리는 자가 이긴다는 말이지. 병사들을 최대한 끌어모아 당포로 보내라. 우리가 먼저 김 대사를 친다!"

8

산해파리와 철불가, 파사낭낭이 서로를 바라보았다. 소소생은 뒤에서 어정쩡하게 서서 이들을 불안한 눈으로 지켜볼 뿐이었다.

"그대는 여전히 아름답군."

철불가가 그윽한 눈으로 말했다. 흑삼치는 그런 철불가가 몹시 꼴불견이었다. 속이 거북하고 뭔지 모를 불쾌한 감정이 꾸물꾸물 일었다.

철불가의 말을 무시하고 파사낭낭이 물었다.

"십 년이면 입신, 바둑이 신의 경지에 이를 법한 시간이지요. 십 년 만에 그런 인사나 하자고 모인 것은 아닐 터. 이게 다 대체 무슨 소란입니까."

성미 급한 흑삼치가 대신 대답했다.

"한시가 급하니 빨리빨리 하자고! 세 문장으로 요약해 줄 테니 잘 들어라. 당포의 돌림병과 네 병의 원인은 흑갑신병이다. 산해파리는 네 병을 연구하다가 박 한찬의 사주에 응했고, 당포 사람들에게 흑갑신병을 먹여 괴죽음을 일으켰다. 괴죽음이 흑갑신병 때문인 줄 모르는 김 대사는 돌림병이 유행한다며 당포를 불바다로 만들려고 한다. 여기까지!"

파사낭낭이 놀라서 산해파리를 쳐다보았다. 파사낭낭은 군데군데 생략된 흑삼치의 설명만으로 상황을 이해했다.

"그게 사실입니까? 저를 살리려고 괴죽음을 일으켰다고요?"

"……."

산해파리는 묵묵부답이었다. 파사낭낭은 자신이 앓는 불치병의 원인을 알지 못했다. 방금 흑삼치의 말을 듣고서야 흑갑신병이라는 괴물 때문이란 것을 처음 알았다. 파사낭낭의 입술이 파르르 떨렸다.

"나에겐 어찌 된 연유인지 알리지도 않고, 내 병을 치료한단 명목으로 무고한 백성들을 죽여 왔다니……."

"그대의 병을 고치기 위해선 어쩔 수 없었소. 게다가 박 한찬이라는 자가 서둘러 병을 퍼트리라고 하여서 그렇게 한 것뿐이오."

"전부 거짓 아닙니까? 누구보다 악랄한 해적이었던 그대가 귀족 따위를 두려워했을 리 없습니다."

파사낭낭이 말했다.

"박 한찬이 아니라 파사낭낭, 그대가 죽을 것이 두려웠소. 내게서 당신을 빼 놓으면 무엇이 남겠소."

"인생은 바둑판과 같아 수많은 길이 있습니다. 그대는 그 수많은 길 중에 살육을 택했지요. 하나 물을 것이 있습니다. …… 당포에서 괴죽음을 일으킨 것이 정말로 박 한찬 때문입니까?"

파사낭낭이 모든 것을 꿰뚫어 보듯 눈을 크게 뜨고 물었다. 파사낭낭의 집요한 눈빛이 산해파리를 몰아붙였다.

"그대는 단 한 번도 속아 주지 않는군."

산해파리가 체념한 듯 낮은 목소리로 말했다.

"뭐라고? 박 한찬이 시킨 게 아니라는 말이냐?"

흑삼치가 물었다.

"그래. 고맙게도 너희가 내 말만 믿고 박 한찬과 김 대사를 이간질해 주더구나."

"당신은 이런 사람이었습니다. 내가 그토록 고통스러워하며 이별을 고한 것은…… 그대가 해적이기 때문만은 아니었습니다. 이렇게 숨겨진 얼굴 때문이었지요."

"뭐라고?"

파사낭낭은 서글픈 얼굴로 산해파리를 보며 말했다.

"나는 당신의 본모습이 두려웠습니다. 당신은 언제나 다정하고 자상하였지만 어딘가 꾸며 낸 듯했지요. 바둑을 둘 때 상대의 숨통을 끊기 위해 맹렬히 전력하는 당신의 기보*와 어느 날인가 다리가 부러진 토끼의 목을 비틀어 버리는 눈빛에서 당신의 살기를 읽

---

* 기보: 바둑이나 장기를 둔 내용의 기록

96

었지요. 내가 당신의 행동을 곱씹고 있을 때 철불가로부터 당신이 해적이란 사실을 들었던 겁니다. 모든 것이 이해되더군요."

"하지만 난 그대를 만나고 바뀌었소."

"아니요. 당신은 가면을 썼을 뿐 그대로였습니다. 나를 만나는 동안에도 무고한 백성을 잔인하게 살육했다더군요. 내 예상이 맞았단 사실에 괴로웠고 그래서 당신을 떠날 결심을 한 것입니다."

과연 천재 바둑 기사답게 파사낭낭은 일목요연하게 산해파리를 몰아붙였다. 산해파리의 얼굴이 일그러졌다. 슬픈 듯 옅은 미소를 짓더니 그는 고개를 가로저었다.

"내 사랑의 방식이 그대에겐 그리 보였나 보군."

"그대가 나를 살리겠다고 수많은 사람을 죽여 왔는데 그것이 어찌 나를 위한 것입니까. 그저 당신의 살육을 정당화하는 데 나를 갖다 붙인 것 아닙니까!"

"저 여자 괜찮네. 헛바닥으로 저 미친놈을 아주 조져 놓는 게 아주 멋져."

흑삼치는 속이 후련하다는 듯 박수를 쳤다.

소소생은 파사낭낭의 통찰력에 감탄했다. 소소생은 산해파리가 꾸며 낸 얼굴에 속아서 그를 멋지고 자애로운 의인으로 여겼다. 하지만 그의 진짜 얼굴은 자기만의 정의에 취해 연쇄 괴죽음을 일으킨 살인마에 불과했다.

"그대를 살릴 수 있을 거란 희망 하나만 붙들고 버텼건만, 그 모든 걸 부정하는군. 이건 전부 한 사람 때문이다."

산해파리가 연검을 꺼내 철불가를 가리켰다.

"철불가, 네가 내 정체를 알리지만 않았어도 파사낭낭과 나는 이렇게 되지 않았다. 이번에도 네가 나타나는 바람에 모든 것이 틀어졌다. 그 죄를 죽음으로 갚아라."

산해파리는 연검으로 철불가의 손목을 휘감았다. 연검은 마치 살아 있는 뱀처럼 철불가의 손목을 조였다.

"으윽! 대체 뭘 들은 거야. 네 탓이라잖아! 왜 나한테 난리야?"

철불가의 손목에서 피가 흘러나왔다. 손목이 금방이라도 잘릴 듯이 아팠다. 철불가는 허리춤에 차고 있던 솔개날을 한 손으로 집어 들어 산해파리를 겨눴다. 솔개날에서 날아간 화살이 산해파리의 어깨를 관통하고 벽에 박혔다.

산해파리가 벽으로 물러서며 철불가의 손을 조이던 연검이 풀렸다. 벽에 붙어선 산해파리를 흑삼치와 고래눈이 에워쌌다. 이미 한 번 그들과 겨뤄 봤던 산해파리는 상황이 좋지 않다는 것을 깨달았다.

"외로운 싸움이 되겠군."

산해파리가 소매를 펄럭이자 갑자기 뾰족한 부리의 새 한 마리가 나타났다. 매처럼 큰 새였는데 초록색 깃털에 커다란 노란색 부리를 가지고 있었다. 눈알이 있어야 할 부분이 파여 있어 무척 흉측했다. 녀석은 철불가에게 날아가 뾰족한 부리로 그를 쪼아 댔고, 그럴 때마다 탁탁 탁탁 소리가 났다.

"탁탁귀병이다!"

철불가가 소리쳤다. 탁탁귀병의 날카로운 부리는 철불가의 옷을 뚫고 살갗까지 상처를 입혔다. 상처에서 피가 뿜어져 나오자 놈의 노란색 부리가 빨갛게 물들었다.

탁탁귀병이 주의를 끄는 사이 산해파리가 창문을 통해 달아났다.

"비겁한……!"

"놓치면 안 돼!"

고래눈과 흑삼치가 산해파리를 쫓아서 나갔다.

"야, 얼굴은 안 돼! 이게 얼마나 귀한 재산인데!"

탁탁귀병에게 물어뜯기는 와중에도 철불가는 얼굴만은 필사적으로 사수했다. 탁탁귀병은 철불가의 귀와 머리카락을 잡아 뜯더니 이번엔 그의 눈을 노렸다. 코앞에서 달라붙어 공격을 하니 솔개날을 쏠 수도 없어 철불가는 속수무책으로 당할 뿐이었다.

"저리 가! 휘이, 저리 가!"

소소생도 탁탁귀병을 쫓으려고 손을 휘휘 저었다. 그러자 탁탁귀병은 커다란 날개를 펼치고 창밖으로 날아가 버렸다. 탁탁귀병이 사라지자 철불가는 얼른 일어나 앞머리를 쓸어 넘겼다.

"이게 다 어떻게 된 일이지, 소소생?"

철불가는 갑자기 목소리를 굵고 낮게 깔고 잔뜩 으스대며 말했다. 오랜만에 만난 첫사랑 앞에서 호들갑을 떤 것을 지금이라도 무마하고 싶은 모양이었다.

"아, 파사낭낭, 늦게나마 그대에게 소개하지. 소소생은 내가 부리는 종자라네."

"제가 왜 종자예요? 언제는 제가 두령이라면서요?"

소소생이 입을 삐죽이며 따졌다. 파사낭낭은 머리가 지끈거린다는 듯 고개를 절레절레 저었다.

"여전히 그렇게 사십니까. 이제 철들 때가 됐을 텐데요."

"철드는 게 불가하여 철불가 아니겠소?"

철불가는 파사낭낭을 보며 근사하게 웃었다. 파사낭낭이 어이가 없다는 듯 풋 웃었다. 아주 잠깐 웃었을 뿐인데도 사위가 환해질 것 같은 화사한 미소였다. 왜 철불가와 산해파리가 한눈에 반했는지 이해할 수 있었다.

순간, 파사낭낭이 피를 토하며 바닥에 쓰러졌다.

"파사낭낭! 괜찮으시오?"

철불가는 쓰러진 파사낭낭을 안아 일으켜 비단 이불에 뉘었다.

얼마 안 있어 산해파리를 쫓아갔던 흑삼치와 고래눈이 돌아왔다. 산해파리를 또 눈앞에서 놓치고 빈손으로 돌아온 두 사람은 찰나에 상태가 악화된 파사낭낭을 보고 그저 놀랄 뿐이었다.

"이제 정말 명이 얼마 안 남았나 봅니다."

파사낭낭은 소매로 입가에 흐르는 피를 닦았다.

"소소생, 아까 네가 자물쇠를 연 것처럼 두부로 파사낭낭의 몸에 들어간 흑갑신병을 유인할 수는 없겠느냐?"

철불가가 절박한 얼굴로 물었다.

"파사낭낭 님이 두즙을 마셔서 흑갑신병을 달랜 것을 보고 산해파리가 흑갑신병을 조종하는 방법을 알았으니 그것도 아마 시도

해 봤을 거예요. 산해파리도 방법을 찾지 못했으니, 그가 아는 방법으로는 오히려 위험하지 않겠습니까?"

철불가는 태어나서 처음으로 깊은 절망감을 느꼈다. 어떤 상황이 와도 늘 헤쳐 나갈 수 있다고 생각했던 그였다. 위중한 순간마다 깃털처럼 가볍게 대처했던 것도 그 때문이었다. 하지만 파사낭낭의 목숨이 달린 일에서는 그럴 수 없었다. 파사낭낭은 처음부터 아무것도 기대하지 않은 듯 초연했다. 미소까지 지으며 철불가를 위로했다.

"나는 괜찮아요. 다만 당포에 죽어 가는 백성을 돕지 못하는 것이 안타까울 뿐입니다."

"그렇다면, 산해파리가 모르는 방법이라면?"

소소생이 뭔가 떠오른 듯 산해파리의 일지를 들었다.

"파사낭낭 님, 이 일지에는 산해파리도 모르는 흑갑신병에 대한 단서가 들어 있다고 합니다. 하지만 암호로 잠겨 있어요. 이것을 풀 수 있겠습니까? 이 단서가 파사낭낭 님뿐 아니라 당포의 죄 없이 죽어 가는 백성들까지 살릴 방법일지도 모릅니다."

파사낭낭이 수첩 뒷면의 나무 판을 보더니 말했다.

"마치 작은 바둑판 같군요. 이것이 바둑판이라면 이 줄들이 만날 때마다 생기는 점을 화점花點*이라고 합니다. 아마도 이건 바둑돌을 어떤 순서로 놓아서 여는 장치 같습니다."

---

* **화점**: 바둑판에서 기본이 되는 아홉 개의 점

파사낭낭은 눈을 감고 모든 경우의 수를 떠올렸다. 파사낭낭의 머릿속에 바둑판이 넓게 펼쳐졌다. 바둑을 둘 때 누구보다 공격적이었던 산해파리가 평소 어떤 순서로 바둑돌을 놓았던가. 파사낭낭은 바둑판에 수를 그리기 시작했다.

마침내 파사낭낭이 눈을 번쩍 떴다. 파사낭낭은 바둑알을 가져와 나무 판에 하나씩 놓았다. 순서대로 모든 점을 채우자 철컥하고 나무 판에서 잠금 장치 풀리는 소리가 났다. 산해파리가 색목인 잡부에게 구한 해결책이 마침내 공개되는 순간이었다.

"열렸다!"

소소생은 떨리는 손으로 나무 판의 뚜껑을 열었다. 나무 판 안에는 종이 한 장이 들어 있었다.

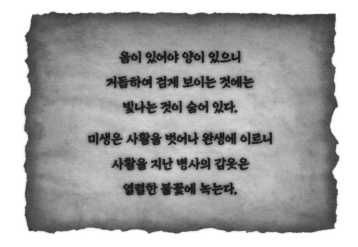

음이 있어야 양이 있으니
거듭하여 겹게 보이는 것에는
빛나는 것이 숨어 있다.

미생은 사활을 벗어나 완생에 이르니
사활을 지난 병사의 갑옷은
열렬한 불꽃에 녹는다.

"이게…… 단서 맞죠?"

소소생이 몇 번이나 종이에 쓰인 문장을 읽고는 말했다.

"그런데 대체 무슨 뜻이냐?"

성미가 급한 흑삼치가 따져 물었다. 기껏 나무 판을 열었더니 정작 나온 건 수수께끼 같은 문장들이었다.

"이러니 산해파리도 답을 못 찾았던 거군."

철불가가 말했다.

가만히 글귀를 보던 고래눈이 입을 열었다.

"무슨 뜻인지는 모르겠으나 거듭하여冊 보인다示는 귀신 신神 자를 풀어서 쓴 것 같소만."

그 말에 파사낭낭이 말했다.

"미생은 바둑에서 아직 살아 있지 못하다는 뜻입니다. 그러니 미생, 즉 어떤 미숙한 단계에서 불꽃을 거쳐 완생, 마침내 완성에 이르렀다는 것이 아닐까요."

파사낭낭은 버릇처럼 하얀색 바둑알을 잘그락잘그락 만지며 말했다. 그 모습을 본 소소생의 머리에 불현듯 무언가 스쳐 갔다.

"잠깐!"

소소생이 제자리에서 벌떡 일어나며 외쳤다.

"이거…… 백갑신병 아닐까요?"

소소생은 헝겊 인형 안에 있던 콩쥐를 꺼내어 파사낭낭에게 보였다. 곤히 자고 있던 콩쥐는 갑작스런 훼방에 길길이 날뛰었다.

"검게 보이는 것에 숨어 있는 빛나는 것! 흑갑신병이었던 콩쥐가 하얗게 변한 걸 뜻하는 걸지도 몰라요. 그리고 병사의 갑옷은 열렬한 불꽃에 녹는다고 하였는데, 흑갑신병의 검은 갑옷 같던 껍질이 난새의 불꽃에 녹아서 하얗게 변했잖아요."

"요석도 참! 콩의 껍질을 벗기면 하얘진다지만 흑갑신병도 그럴 거 같으냐? 말이 되는 소리를 하거라."

철불가가 소소생의 머리를 콩 쥐어박으며 말했다.

"아닙니다. 맞는 말 같아요."

파사낭낭이 철불가를 제지하며 소소생에게 맞장구를 치자 철불가는 얼른 태세를 전환했다.

"그래! 내가 말하려던 게 그거였어. 잘했어, 소소생!"

"어쩌면 백갑신병이 된 콩쥐를 파사낭낭 님의 몸에 넣으면 흑갑신병을 빼낼 수 있을지도 몰라요!"

소소생이 흥분해서 말했다.

"하지만 어디까지나 추측일 뿐이다. 잘못하다간 파사낭낭이 위험해져."

처음으로 철불가가 신중한 태도를 취했다.

"어차피 나는 시한부 목숨입니다. 나 때문에 많은 사람이 죽었으니 그 또한 내가 짊어져야 할 책임이겠지요."

"아니, 그게 어떻게 파사낭낭의 책임입니까! 간악한 짓을 꾸민 산해파리가 문제지요."

"후후. 그렇게 말해 주니 고맙습니다. 하지만 저 산해파리라는 괴물을 막지 못한 마음의 짐만은 덜게 해 주십시오."

파사낭낭이 눈을 빛내며 말했다. 강렬한 의지가 읽히는 눈빛에 철불가도 별수 없이 고개를 끄덕였다. 소소생은 파사낭낭의 하인에게 부탁해 두부를 마련했다. 소소생이 백갑신병 콩쥐에게 두부를 조금 떼어 주며 말했다.

"콩쥐야, 네가 좋아하는 두부야. 이걸 먹고 파사낭낭 님의 몸으로 들어가서 흑갑신병을 데리고 나와 주겠니?"

콩쥐는 두부를 먹고 찌르르 기분 좋은 소리를 내더니 부웅 날아올랐다. 그러고는 파사낭낭의 살짝 벌어진 입으로 들어갔다.

"윽……!"

파사낭낭은 무언가 목에 걸린 것처럼 괴로워하더니 곧 숨이 막힌 사람처럼 목을 움켜쥐었다. 얼굴이 보랏빛으로 변하며 풀썩 쓰러져 정신을 잃어 버리자, 소소생과 철불가가 달려와 그녀를 일으키려 했다.

"파사낭낭!"

소소생은 자신이 파사낭낭을 죽인 것일까 봐 두려워서 눈을 질끈 감았다.

9

"당포에 오신 것을 환영합니다, 대사."

이 비장이 싱글벙글 웃으며 김 대사에게 인사했다. 이 비장은 그동안 마을에서 죽어 나간 병자들을 따로 모아 시신을 불태웠다. 당포 백성들이 달아나지 못하게 관리하느라 이 비장은 눈코 뜰 새 없이 바빴다. 혼자 지옥을 감당해야 했던 그 앞에 김 대사가 나타나자 이 비장의 얼굴에 웃음꽃이 폈다.

김 대사는 잘 먹어서 주름 하나 없던 얼굴을 구기며 인상을 썼다. 돌림병을 차단한다는 명목으로 당포를 불태우는 김에 거기로 박 한찬도 불러들여서 같이 불태워 죽이려 했거늘. 그 계획에서 김 대사 자신은 사포에서 굿이나 보고 떡이나 먹는 그림이었다.

그런데 약삭빠른 박 한찬이 먼저 조정에 이 사실을 알렸고, 부지런한 부하를 시켜서 당포에 돌림병이 퍼진 사실도 알아냈다. 그는 김 대사가 당포를 잘못 다스려 돌림병이 퍼지게 해 놓고, 무고한 자신에게 뒤집어씌우려 해 불필요한 충돌이 일어나게 생겼다고 조정에 알렸다.

이에 김 대사도 서둘러 조정에 보고했다. 당포에 돌림병을 퍼트린 것이 박 한찬이며 어쩌면 이를 이용해 서라벌까지 뒤흔들 역모를 꾀하는 것은 아닌지 걱정된다는 보고였다. 때문에 자신은 이를 좌시할 수 없어 정의의 이름으로 처단하겠다고 조정에 알렸다. 김 대사는 내심 역모라는 양념을 치면 장인이 사포항을 헤집어 버린 건을 묻을 수 있지 않을까 바라고 있었다.

뜻밖에도 조정에서는 누구의 편도 들지 않고 아주 공정한 태도를 취했다. '됐고. 누구 탓인지는 관심 없으니 돌림병이 서라벌까지 퍼지지 않게 당사자끼리 해결하라.'는 명령을 내린 것이다. 물론 겉보기엔 굉장히 유식하고 어려운 말을 잔뜩 써서 고상해 보이는 명령이었다. 결국 김 대사는 직접 당포로 올 수밖에 없었다.

"망할 박 한찬 때문에 나도 돌림병에 걸려 죽으면 어찌하냐는 말이다! 게다가 그 작자랑 전쟁이라니! 내가 왜 전쟁터 한복판에 있어야 하냐고."

"대사, 대사께선 반드시 만수무강할 것이니 그런 걱정은 하지 마소서."

이 비장은 대노하는 김 대사를 향해 눈을 초승달처럼 만들며 함박웃음을 지었다.

'욕먹는 놈이 오래 산다고 하니 걱정 말거라. 너는 욕을 오지게

처먹고 있어서 아주 오래 살 거 같거든. 그러니 죽을까 봐 걱정할 필요가 없다.'

이 비장이 속으로 하는 욕만 모아도 김 대사는 영생을 누릴 수 있을 정도였다.

이 비장은 평생소원이던 서라벌 입성을 귀신이 돼서나 하겠다고 원통해하던 차에 김 대사가 당포에 나타나자 웃음을 참기 어려웠다.

김 대사가 이 비장에게 명했다.

"돌림병에 걸린 자들을 한곳에 모아 태워 죽이고 마을 곳곳에 불을 놓아라. 박 한찬과 그의 군사들이 온다고 하니 불바다로 환영하도록 하라!"

산해파리는 고래눈과 흑삼치를 따돌리고 죽도로 돌아왔다. 그들을 죽일 수도 있었으나 괜한 싸움으로 힘을 빼고 싶지 않았다. 오랫동안 준비했던 일이 실현되기 직전이었다. 그는 파사낭낭이 자신의 마음을 알아주지 않는다는 망상에 빠져 걷잡을 수 없는 분노에 휩싸였다.

"파사낭낭, 내가 그대를 위해 얼마나 많은 것을 희생하고 감내했는지 몰라주다니. 하지만 이제 다 필요 없소. 그대와 이 증오스러운 바다까지, 전부 다 도륙을 내 버리겠소."

산해파리가 실험을 한 것은 처음에는 분명 파사낭낭을 살리고 싶어서였다. 하지만 파사낭낭을 병들게 한 흑갑신병이란 괴물을 발견하고 두부로 놈들을 자유자재로 조종하는 법을 익히자 산해파리의 머리에 다른 생각이 자리 잡았다.

'이놈들을 이용해서 세상을 내 손아귀에 넣으리라.'

그러기 위해 산해파리는 박 한찬이 자신의 배후에 있다는 거짓말도 했다. 그로 인해 박 한찬과 김 대사가 충돌하면 그 혼란을 틈타 세상의 모든 바다를 차지하려는 생각이었다.

오랜 기간 실패만을 맛본 악행이 산해파리를 광인으로 만들어 놓은 것일까. 파사낭낭이 말한 대로 원래 이런 인간이었을까.

산해파리는 대숲을 지나 집으로 갔다. 흑삼치, 고래눈과의 전투로 무너진 집 주변 마당에 깔린 반질반질 윤이 나는 조약돌이 보였다. 산해파리가 조약돌 위로 두즙을 뿌린 후 두 손을 뻗으며 말했다.

"일어나라. 이제 세상을 암흑으로 만들 시간이다."

산해파리의 음침한 목소리에 으드득 드드득—조약돌들이 잠에서 깨어나듯 들썩였다. 조약돌이 곧 부웅 한꺼번에 허공으로 날아올랐다. 조약돌의 정체는 웅크린 채 잠든 흑갑신병 부대였다. 흑갑신병들은 다리를 뻗고 날개를 활짝 펼쳤다.

"가라!"

산해파리가 조약돌을 던지듯 한 손을 앞으로 뻗자 흑갑신병 부대가 앞으로 부우우웅 날아갔다. 흑갑신병 부대가 날아가며 푸르른 대숲을 뒤덮었다. 대숲이 순식간에 먹물을 뿌린 것처럼 새까맣게 변했다.

파사낭낭은 시체처럼 축 늘어져 일어나지 않았다. 백갑신병이
된 콩쥐를 집어넣은 것은 악수였던가. 소소생은 초조한 심경으로
파사낭낭을 바라봤다. 철불가 역시 절박하기는 마찬가지였다. 철불
가는 파사낭낭의 목에 손가락을 대 보았다.

　"맥이……."

　거의 끊어질 듯 맥이 약해지더니 점점 세지는 것이 느껴졌다.

　"맥이 돌아오고 있어!"

　철불가의 말이 끝나자 파사낭낭의 얼굴에 천천히 혈색이 도는
게 보였다. 보랏빛이었던 입술은 장밋빛으로 변했고 푸르스름해 보
일 정도로 창백한 피부도 따스한 살구색으로 돌아왔다.

　"콜록, 콜록."

　파사낭낭은 재채기처럼 짧은 기침을 하며 깨어났다. 그녀의 입
에서 무언가 툭 튀어나와 바닥에 떨어졌다. 하얀색 바둑알과 검은
색 바둑알이었다. 소소생이 가까이 가서 들여다보니, 백갑신병 콩
쥐와 파사낭낭의 몸에 있던 흑갑신병 한 마리였다.

　"흑갑신병이 나왔어요! 흑갑신병이 들어간 사람들에게 백갑신
병을 먹이면 그들을 살릴 수 있어요!"

　소소생이 소리쳤다.

　"드디어 방법을 찾았군! 그럼 어서 내 부하들에게 가자."

　흑삼치는 기뻐서 목이 멜 정도였다. 흑삼치가 칼을 꺼내 들어

소소생을 위협했다. 백갑신병을 부리려면 소소생이 꼭 필요했다.

"잠깐 기다리시오. 아직 백갑신병은 콩쥐 단 한 마리뿐이오."

고래눈이 흑삼치를 진정시키려 하자 철불가가 나섰다.

"내게 다 생각이 있네. 일단 우리의 원흉 산해파리부터 잡아야 하지 않겠나? 산해파리가 수틀려서 온 사람들을 죽이려고 마음이라도 먹으면 흑삼치, 자네의 부하들이라고 다를 것 같은가. 다 끝이네. 그러니 나와 소소생은 당포로 돌아가 산해파리를 막고, 흑삼치와 고래눈은 김 대사와 박 한찬을 찾아가 이 사실을 알리도록 하세."

철불가가 말했다. 이런 일엔 제 몸을 아껴서 절대 끼지 않는 작자가 갑자기 영웅처럼 나서서 모든 일을 진두지휘하려 드니 그 속내가 빤히 보였다. 파사낭낭에게 잘 보이려는 것이었다. 흑삼치는 화증이 났지만 산해파리를 막아야 부하들도 살 수 있다는 설득에 이를 갈며 참았다.

"알겠소. 방금 범이로부터 전갈이 왔는데 김 대사와 박 한찬이 서로 당포에 돌림병을 퍼트렸다며 전쟁을 벌일 태세라고 하오. 더 큰 피바람이 불기 전에 빨리 움직입시다. 내가 박 한찬에게 가겠소."

고래눈은 그렇게 말하고는 바람처럼 사라졌다.

"칫, 감히 저승사자 흑삼치에게 명령이라니. 백갑신병이 아니었다면 다 죽었을 줄 알아라. 대신 이번에야말로 내 부하들부터 치료해야 할 것이다."

흑삼치가 소소생의 멱살을 잡고 말했다. 소소생이 세차게 고개를 끄덕이자 흑삼치는 소소생을 내팽개치고 창문 밖으로 뛰어나 갔다.

기운을 차린 파사낭낭이 소소생에게 말했다.

"나도 당포에 가고 싶구나. 산해파리와 아직 끝내지 못한 수담(손으로 하는 대화, 바둑)이 있어."

"살려 주십시오!"

"제발 살려 주세요! 아직 이 아이는 병에 걸리지 않았습니다!"

당포는 아비규환*이었다.

살려 달라고 비는 병자들과 그들을 집에 가두고 불을 지르려 하는 병사들 때문이었다. 병사들도 이렇게까지 해야 하냐는 회의감과 반발심이 들었지만 김 대사의 명에 복종하지 않으면 자신들의 목숨부터 걱정해야 할 처지였다.

"시끄럽다! 빨리빨리 들어가!"

병사들은 짚에 불을 지펴서 집집마다 놓고 다녔다. 마을이 시꺼먼 연기로 뒤덮였다. 당포 백성들은 매캐한 연기에 눈물 콧물을 쏟으며 기침을 했다. 항구에 피어오르는 먹색 연기 사이로 흉측한 괴물의 그림자가 드리웠다. 이 비장과 병사들이 거대한 괴물을 이끌고 전쟁에 나서고 있었다.

---

* **아비규환**: 아비지옥과 규환지옥을 이르는 말로, 여러 사람이 비명을 지르는 참상을 말함.

"저, 저게 뭐야!"

"돌림병에, 병사들에, 괴물까지……."

"으흑. 흑. 우린 다 죽을 거야……."

백성들은 다가오는 괴물의 모습에 입을 다물지 못했다.

"젠장할. 이 전쟁에서 사지 멀쩡하게 죽는 것만 해도 다행으로 여겨야 할 판이군."

"저게 멧돼지야 곰이야. 저런 흉측한 건 난생처음 보네."

멧돼지와 곰을 섞은 듯한 그 괴물은 박맥駁貘이었다. 박맥의 코는 멧돼지처럼 들창코였고 산양처럼 털이 길었다. 두툼한 발바닥은 곰의 것과 같았는데 발톱은 날카롭고 단단했다. 놈은 생긴 것만큼 몹시 사납고 포악한 괴물이었다. 박맥이 뜨거운 콧김을 뿜어낼 때마다 들썩거리는 몸뚱이에서 당장이라도 달려들 듯한 박력이 병사들에게 전해졌다.

박맥은 김 대사가 거금을 들여 구한 괴물이었다. 신라 귀족들에게 매우 특별한 취미가 유행했는데 바로 무시무시한 괴물을 키우는 것이었다. 신라 귀족들은 대대손손 풍족한 삶을 사는지라 평범한 동물을 키우는 것으론 만족하지 못했다. 목숨을 위협할 정도로 잔인하고 사나운 괴물을 키울수록 대단한 것으로 여겼다.

김 대사는 이번 전쟁을 필승으로 이끌 비장의 무기로 박맥을 내놓았다. 자신은 막사에서 전쟁이 끝나기를 기다리기로 하고 이 비장에게는 박맥을 끌고 가라고 명했다.

이 비장 역시 이놈을 풀어놓으면 전쟁은 무조건 압승이라고 자신했다. 그러나 박 한찬의 군사들이 모습을 드러내자 그 생각은 금방 뒤집혔다.

수평선 너머에서 나타난 박 한찬의 함대 위로 거대한 새가 날아왔다. 호문조였다. 호문조는 항아리처럼 큰 머리에 호랑이 무늬 같은 깃털을 가진 괴물 새였다. 몸집도 장정의 두 배 정도로 커서 사람 한 명은 너끈히 잡아먹을 수 있을 정도였다. 김 대사가 박맥을 사들인 것처럼 박 한찬이 공들여 구한 최종 병기 괴물이었다. 호문조가 날개를 펄럭일 때마다 물보라가 일어 이 비장의 부대까지 바닷물이 튀었다.

당포항을 경계로 육지에선 박맥이, 바다에선 하늘을 나는 호문조가 당장이라도 맞붙을 듯한 기세로 거친 숨을 쉬며 울었다.

서로를 마주한 이 비장과 박 한찬의 병사들은 그 순간 같은 생각을 하였다.

'망했다……!'

사나운 울음소리를 내며 박맥이 달려 나가자, 호문조가 거대한 발톱을 뻗어 박맥의 목을 움켜쥐었다. 박맥과 호문조가 엉키며 피의 전쟁이 시작되었다.

10

　흑삼치와 고래눈이 각각 전속력으로 김 대사와 박 한찬의 진영으로 향하였으나 이미 전투가 시작된 후였다. 고래눈도 마땅한 수가 없어 소소생과 철불가 일행이 나타나기를 기다렸다. 그때 범이가 고래눈을 발견하고 한달음에 달려왔다.

　"이제 어떻게 하시겠습니까?"

　범이가 물었다.

　"죄 없는 백성들이 전쟁에 휘말렸으니 막아야지. 산해파리와 흑갑신병은 소소생과 철불가에게 맡기고 너와 나, 흑삼치는 전쟁터로 향한다."

　"하. 소소생 때문에 이게 무슨 고생입니까? 죽은 줄 알았던 해적 두령이 살아 돌아왔다며 지옥에서 돌아온 무시무시한 놈이라고 바다에 벌써 소문이 파다합니다!"

발 없는 말이 천 리를 간다면 바다를 달리는 말은 만 리를 간다. 소문은 어느새 점점 살이 붙어서 소소생은 철불가보다 더한 악당이 되어 있었다.

"우선 전쟁을 막는 것부터 생각한다. 손이 부족하니 이번만큼은 편을 가르지 말고 김 대사와 박 한찬을 막아야 한다. 우리의 진짜 적은 산해파리다!"

고래눈이 말했다.

"흑삼치에게도 그리 전하겠습니다."

고래눈은 전장으로, 범이는 박 한찬 진영으로 간 흑삼치에게로 서둘러 움직였다.

박맥과 호문조가 맞붙자 하늘과 땅에 피가 흩뿌려졌다. 호문조가 발톱으로 박맥의 살점을 뜯어냈고, 박맥은 커다란 발을 뻗어 호문조의 날개를 움켜잡았다. 박맥의 사나운 발톱에 뜯긴 호문조의 거대한 날개가 병사들 위로 떨어졌다. 호문조는 부리로 박맥의 한쪽 눈을 쪼아서 삼켜 버렸다. 호문조와 박맥의 울부짖는 소리가 전장에 울려 퍼졌다.

"끼에에에엑!"

"크와아아아!"

박 한찬의 함대에서 병사들이 육지로 내려섰다. 호문조의 모습에 이 비장의 병사들이 겁을 먹고 뒷걸음쳤다.

"뭣들 하느냐? 싸워라!"

이 비장의 외침에 병사들은 어쩔 수 없이 박 한찬의 함대로 달려가 육지에 내려선 적군과 칼을 부딪쳤다. 박 한찬과 김 대사의 병사들은 왜 싸워야 하는 줄도 모르고 서로를 찌르고 베어 죽였다. 산해파리가 원했던 혼란, 그의 계획이 그대로 이루어지고 있었다.

"싸움을 멈추시오! 그대들이 맞서야 할 상대는 서로가 아니오!"

고래눈이 온 힘을 다해 외쳤으나 아무도 듣지 않았다.

"멈춰라! 전쟁을 멈추란 말이다!"

박 한찬을 저지하는 데 실패한 흑삼치도 범이와 함께 전장에 나타났다. 흑삼치와 고래눈, 범이가 병사들을 막으려 무슨 짓을 해도 소용없었다. 힘으로 붙잡아도, 바로 옆에서 소리쳐도 병사들의 눈과 귀에는 보이지도 들리지도 않았다. 병사들은 그저 앞만 보고 달려들 뿐이었다. 목적도, 이유도 모른 채 병사들의 목숨이 내버려졌다.

"전부 죽여라! 죽이지 않으면 죽는다! 반드시 살아남아라!"

이 비장이 병사들에게 외쳤다.

이 비장은 단칼에 박 한찬의 병사 세 놈을 베었다. 여기서 죽으면 너무나 억울했다. 악착같이 살아남아 공을 세운다면 조정에서, 하다못해 김 대사라도 좋게 보고 그에게 무슨 상이든 내릴지도 몰랐다. 이 비장은 아득한 상황에도 꿈을 잃지 않고 자신의 본분에 최선을 다했다.

그가 갑옷으로 칼에 묻은 피를 닦고 있을 때였다.

갑자기 눈앞이 깜깜해졌다. 죽어서 눈을 감은 건가. 고개를 돌려도 사방이 어둠이었다. 사사사사사삿─ 갑자기 댓잎이 흔들리는 듯한 소리가 들렸다. 순간 죽음의 그림자가 꿈틀거렸다. 으악! 끄아악! 픽! 푹! 헙! 병사들의 비명 소리가 이어졌다.

"대체 무슨 일이냐! 당황하지 말고 진영을 갖춰라!"

말은 그렇게 했지만 이 비장마저 두려움에 목소리가 떨렸다.

순식간에 덮친 어둠이 나타날 때처럼 단번에 사라졌다. 그곳에 산해파리가 서 있었다. 그를 둘러싼 수많은 흑갑신병 떼는 마치 산해파리가 발산하는 기운처럼 너울거렸다.

날아다니는 흑갑신병을 징검다리처럼 밟으며 나타난 산해파리는 흑갑신병의 호위를 받으며 양쪽 군 가운데 섰다.

"가라!"

산해파리가 손을 뻗자 흑갑신병 부대가 사사삭 소리를 내며 병사들에게 날아들었다. 흑갑신병이 전장을 휩쓸자 메뚜기 떼가 지나간 밀밭처럼 시체 외에는 아무것도 남지 않았다. 먹물을 들이부은 듯 전쟁터의 모든 것이 까맣게 물들었다. 맹렬히 싸우던 박맥과 호문조마저 흑갑신병 떼로 덮여 몸부림쳤다.

"그만둬라! 산해파리!"

철불가가 소리쳤다. 철불가와 소소생, 파사낭낭이 막 도착한 것이다.

"철불가, 네놈이 죽고 싶어서 제 발로 지옥에 들어왔구나."

산해파리가 노여움이 가득한 목소리로 말했다.

"산해파리, 여기 보세요. 파사낭낭 님의 병이 씻은 듯이 나았습니다! 더 이상 무고한 피가 흐르게 하지 마십시오!"

소소생이 산해파리에게 외쳤다.

"파사낭낭이 나았다고?"

산해파리는 충격에 휩싸여 한동안 말을 잊었다. 그동안 그가 저질러 온 모든 고뇌와 살육의 시간이 허무하게 느껴졌다. 산해파리의 얼굴에 공허함이 스치는 것 같았다. 일순간 산해파리의 텅 빈 눈이 화르르 타올랐다.

"이젠 어찌 되어도 상관없다. 다 사라져라."

산해파리의 마음에 반응하듯 흑갑신병들이 부르르 진동했다.

"이래서 미친놈은 상종하지를 말아야 하는데. 어디로 튈지 몰라서 위험하단 말이야."

철불가가 혀를 끌끌 차며 말했다.

파사낭낭 또한 한때 사랑했던 자가 저렇게 변한 것을 보니 마음이 아팠다. 그에게 이별을 고하기 위해 그렇게나 아파했던 시간이 야속할 지경이었다.

흑갑신병 부대는 산해파리의 손을 따라 청어 떼처럼 하나의 덩어리가 되었다 흩어졌다 하며 전장을 휩쓸었다. 흑갑신병 무리를 마주한 병사들은 마치 거대한 괴물의 아가리를 보는 듯했다.

"저, 저 벌레들을 죽여라!"

이 비장이 외치자 살아남은 병사들이 활을 쏘았다. 그러자 흑갑신병 부대가 뭉치며 날아오는 화살을 튕겨 냈다. 호문조가 발톱으로 놈들을 휘갈기면 흑갑신병 부대는 순식간에 흩어졌다가 다시 모여들어 호문조의 발톱을 갉아 먹어 부러트렸다. 흑갑신병들이 이제는 한쪽에 모여 있던 당포의 백성들에게 달려들었다.

어찌할지 모르는 소소생의 눈에 자신에게 죽도를 알려 주었던 아이가 보였다. 아이는 겁에 질려 입도 뻥긋 못 하고 눈을 감은 채 움츠렸다. 소소생이 얼른 뛰어가 아이의 앞을 막아섰다.

"저리 가, 이놈들!"

그러자 흑갑신병 부대가 갑자기 움직임을 멈췄다.

"어?"

소소생의 품속에 들어 있던 콩쥐가 크아앙 용맹하게 소리를 지르며 흑갑신병 떼에게 날아갔다. 콩쥐가 흑갑신병 부대의 한가운데로 뛰어들자 흑갑신병들이 후드득 떨어졌다. 콩쥐에게 달려드는 흑갑신병들은 콩쥐의 앞발에 속수무책으로 나가떨어졌다.

"콩쥐야!"

소소생이 감동해서 외쳤다.

"감사합니다……!"

아이가 울먹이며 소소생에게 인사했다.

"철불가! 무슨 방법이 없을까요? 이렇게 해서는 끝이 없어요."

소소생이 말했다. 아이는 운 좋게 콩쥐가 있어서 살았으나 당포의 모든 이에게 그런 행운이 따라 줄 리 없었다. 바둑에서 말하는 신묘한 수, 그야말로 묘수가 절실했다. 철불가는 파사낭낭을 보더니 무언가 생각났는지 손가락을 딱 하고 튕겼다.

"얘야, 혹시 두부를 구할 수 있겠니? 최대한 많이!"

철불가가 소소생이 구한 아이에게 물었다.

"아니요. 마을이 한동안 봉쇄돼 있던 데다가 상인들도 발길을 끊은 지 꽤 되어서, 마을에는 아무것도 남은 게 없어요."

"제길. 이놈의 이 비장. 평생 도움이 안 되는 자라니까. 잠깐, 이 비장이라고……?"

철불가가 욕지거리를 하는 와중에 마침 이 비장이 보였다.

"이보게, 이 비장! 자네 전쟁을 하러 왔으니 당연히 보급선도 따라왔겠지?"

흑갑신병을 피하느라 정신없는 와중에도 이 비장이 대답했다.

"그래. 하지만 건질 만한 무기나 물건은 없을 거다! 망할 김 대사가 병사들의 식량으로 고기는커녕 콩만 잔뜩 실어 왔거든. 이런 녀석들 상대로는 상노고 뭐고 도움이 안 되겠지만 말이야."

"콩이라고? 오히려 좋네! 그 배 좀 빌리겠네."

"엥? 해적에게 수군 군함을 빌려 달라니 무슨 어불성설인가?"

"잠깐 쓰고 멀쩡하게 돌려줄 터이니 걱정 말게."

철불가는 소소생을 데리고 이 비장이 가리킨 배로 달려갔다.

"소소생, 여기 있으면 힘없고 죄 없는 백성들이 다칠 거야. 그러니 놈들을 이끌고 죽도로 간다!"

소소생은 철불가가 왜 죽도로 가자고 하는지 알 수 없었으나 늘 그래 왔듯 철불가를 따르기로 했다. 철불가는 언제나 최악의 방도를 찾는 듯했으나 결국은 그것이 사는 길이었으니까.

"이 비장, 자네가 군함을 몰게. 우리는 할 일이 있어!"

"뭐? 내가 자네 명령이나 듣는 졸개로 보여? 해적이 어디 관군에게 감히……."

말은 그리 했지만 이 비장 역시 위기의 순간마다 기지를 발휘하는 철불가를 익히 봐 왔던 터라 결국 키잡이* 역할을 떠맡았다. 철불가와 소소생이 보급선에 올랐다. 이를 지켜보던 흑삼치와 고래눈, 범이, 파사낭낭도 따라서 올라탔다.

곧 이 비장의 진두지휘에 군함은 전속력으로 죽도를 향해 달렸다. 철불가는 군함에 실린 콩 포대를 가져와 바다에 쏟았다. 소소생과 다른 이들도 모두 철불가를 따라 일사불란하게 움직였다. 그러자 콩 냄새를 맡은 흑갑신병 부대가 방향을 틀기 시작했다.

"됐다! 산해파리의 조종이 완벽하진 않은 것 같아요!"

소소생이 기쁜 마음에 외쳤다.

"아니 근데, 이러다 죽도로 가기도 전에 우리가 다 죽겠어요!"

소소생이 이번엔 잔뜩 겁을 먹고 외쳤다.

흑갑신병 부대가 점점 배에 가까워지자 그 사이로 산해파리가 바다를 걸어오는 것이 보였다. 전장에 나타났던 것처럼 흑갑신병을 밟으며 오고 있었다.

"저놈이 미쳐서 별짓을 다 하는군."

---

* **키잡이**: 배의 방향을 결정하는 키를 조작하는 사람

철불가가 혀를 끌끌 찼다. 그러는 사이 드디어 군함이 죽도에 도착했다. 철불가가 계속해서 콩을 쏟으며 대숲으로 달려갔다. 철불가를 따라 소소생과 나머지 일행도 대숲을 달렸다. 이 비장은 목숨을 보전하려 군함에 숨었다.

소소생이 돌아보니 흑갑신병 부대가 대숲을 새까맣게 뒤덮으며 쫓아오고 있었다. 마치 온 세상이 부서지며 어둠 속으로 떨어지는 것 같았다. 그 사이로 흑갑신병 부대를 이끌고 오는 산해파리도 보였다.

"으아! 살려 주세요, 철불가!"

소소생은 남은 콩을 전부 쏟아 버리고 죽을힘을 다해 달렸다. 흑갑신병 부대가 모습을 바꿔 가며 그들에게 달려들었다. 거대한 새 같은 모습이었다가 무시무시한 사람 형체로 변했다가 흉측한 해골처럼 변하기도 했다. 어느새 따라붙은 몇몇은 그들의 몸에 달라붙어 피부를 갉아 먹었다.

"소소생! 콩쥐를 내보내!"

여기저기 찢어지고 피를 흘리며 철불가가 외쳤다. 그 말을 알아들은 것처럼 콩쥐가 소소생의 옷에서 튀어나왔다.

콩쥐는 날아오는 흑갑신병 부대를 보고 장렬하게 울부짖었다. 그래 봤자 댓잎이 흔들리는 소리에 묻힐 정도였으나 이미 콩쥐의 힘을 목격한 소소생이 듣기엔 매우 용맹하고 믿음직했다.

콩쥐가 흑갑신병 부대 한가운데로 맹렬히 돌진했다. 마치 적진 가운데로 파고드는 최후의 용사 같았다. 흑갑신병 부대는 일순 시간이 정지한 것처럼 멈췄다가 콩쥐에게 달려들었다. 백갑신병의 저지력보다 흑갑신병들을 자극한 콩 냄새와 산해파리의 지배력이 더 강했다. 콩쥐는 흑돌에 둘러싸여 잡아먹히기 직전의 백돌처럼 보였다. 흑갑신병들이 달라붙어 날카로운 앞발과 이빨을 박아 넣으려 했다. 콩쥐의 반질반질 윤이 나는 하얀 껍질에 사각사각 상처가 났다. 이대로라면 콩쥐도 위험했다.

"콩쥐야!"

소소생이 콩쥐를 구하러 뛰어들려고 할 때 철불가가 산해파리의 집에서 횃불을 들고 나왔다. 철불가가 멀리 유유히 다가오는 산해파리에게 소리쳤다.

"산해파리, 자네 그거 아나? 모든 것엔 명암이 있다네!"

"무슨 헛소리로 시간을 끌려고 하는지 모르겠지만 소용없다, 철불가."

"바다가 있고 육지가 있듯이, 내가 빛이고 자네는 어둠이듯, 흑돌이 있으면 백돌이 있고, 흑갑신병이 있으면 백갑신병도 있는 법이야!"

"…… 백갑신병?"

산해파리는 처음 듣는 단어에 한쪽 눈썹을 꿈틀 치켜올렸다.

철불가가 씩 웃으며 횃불을 바닥에 떨어트렸다. 횃불이 바닥에 떨어지며 불티가 사방으로 튀었다. 횃불에 있던 불길이 대나무로 옮겨붙고 산해파리의 집으로 번졌다. 불길은 점점 거세져 대숲을 삼키기 시작했다.

사방에 불길이 화르르 치솟자 콩쥐를 죽이려고 몰려들었던 흑갑신병들이 펑 펑 소리를 내며 까만 껍질을 벗고 하얗게 변했다. 대숲과 죽도를 뒤덮은 흑갑신병 떼가 차르륵 하얀 백갑신병으로 변해 가는 모습은 장관이었다. 마치 흑돌이 백돌에게 집어삼켜지는 것 같았다.

"이럴 수가!"

산해파리는 눈을 의심했다. 수년을 찾아 헤맨 해답이 흑갑신병 그 자체였다니.

"보이나, 산해파리? 이게 바로 백갑신병이다. 흑갑신병을 이기는 백갑신병. 한때는 같은 바다를 누볐던 해적이었으나 세상을 곪게 만든 너와 그걸 고치려고 드는 나 같은 놈들이지."

철불가의 얼굴에 언뜻 슬픔이 스쳐 갔다. 철드는 게 불가한 철불가였으나 그도 가끔은 진심일 때가 있었다. 철불가는 수많은 해적들을 보아 왔으나 산해파리만큼은 변하지 않기를 바랐다. 그만큼 악랄한 진짜 해적이었으니까. 무엇보다 파사낭낭이 자신을 버리고 선택한 사람이기에 배가 아플 정도로 잘 먹고 잘 살기를 바랐다.

"산해파리, 이것이 그대의 마지막 수담이 되었군요."

파사낭낭의 커다란 눈에서 맑은 눈물이 맺히다가 또르르 뺨을 타고 흘러내렸다.

변화를 마친 백갑신병 부대가 산해파리를 향해 고개를 돌렸다. 백갑신병이 산해파리에게 달려들어 몸을 하얗게 뒤덮기 시작했다.

"내 꿈이, 이렇게 스러지는구나……."

허망한 중얼거림을 끝으로 산해파리는 백갑신병 부대에게 온몸이 잘게 쪼개졌다. 머리카락 한 올까지 산해파리의 모든 것이 먼지처럼 흩어졌다. 핏방울마저 아주 미세하게 흩뿌려졌다. 백갑신병은 자신들을 괴롭히고 지배한 자를 처단하듯이 산해파리를 흔적도 없이 지워 버렸다. 흑갑신병으로 세상을 삼키려 했던 그의 꿈도 그의 육체처럼 허공으로 흩어져 사라졌다.

산해파리가 죽자 백갑신병 무리는 죽도를 감싸고 있는 불길 위로 내려앉아 덮어 버렸다. 그러자 거센 불길이 모래를 끼얹은 듯 훅 꺼졌다.

콩쥐가 소소생의 손바닥으로 날아왔다. 소소생을 지키느라 단단한 갑옷에 난 상처가 콩쥐라는 것을 증명했다. 당포 백성들과 동료들을 구한 영광의 상처였다.

"콩쥐! 고마워……. 네게 덕담을 들려줄게. 바둑알 같은 흑갑신병 사이를 파고들어 공격했다는 뜻에서 알파고 어때?"

콩쥐는 마음에 안 드는지 크앙 크앙 괴팍한 소리를 질렀다.

"그럼 이건 어때? 이대로 세차게 돌진하여 승리했다고 해서, 이세돌!"

콩쥐는 이세돌이라는 별칭이 마음에 드는지 그제서야 찌르르 소리를 내었다.

이제 흑갑신병을 부려 사람을 죽이는 악랄한 자는 다신 나타나지 않을 것이다. 소소생은 그리 생각하며 다소 지쳐 보이는 콩쥐를 쓰다듬었다.

"이걸 드십시오. 하얗게 삶은 콩이라고 생각하고 꿀꺽 드시면 병이 낫습니다."

소소생은 죽도에서 백갑신병들을 가져와 당포의 병자들에게 먹이고 다녔다. 흑삼치도 소소생에게 받은 백갑신병을 부하들에게 먹였다. 흑삼치의 부하들과 병자들은 기침을 하다가 곧 흑갑신병과 백갑신병을 뱉어 냈다.

사람들은 죽을병에 걸렸다가 순식간에 낫게 되자 소소생을 죽음을 다스리는 해적, 지옥 덕담게 해적이라고 부르며 두려워했다. 소소생은 이제 덕담꾼이라고 해명하는 일에도 지쳤다.

고래눈이 말했다.

"수고했다, 소소생. 산해파리 같은 악랄한 자가 흑갑신병을 이용할 생각밖에 없었기에 찾지 못했던 사실을, 진정으로 흑갑신병을 아끼던 너였기에 알아냈구나."

"하하. 기념으로 덕담 하나 하겠습니다. 백갑신병으로 병을 고쳤으니 이를 줄여서 백신이라 부르는 게 어떨지요?"

소소생은 혼자 말하고 혼자 웃었다. 마음이 너그러운 고래눈도 이번엔 봐주지 않고 웃지 않았다. 뒤에서 이글이글 질투 어린 눈으로 보고 있던 범이는 그게 고소했는지 풋 하고 비웃었다.

"그렇게 재미없는 걸 보면 넌 역시 악랄한 해적이라니까."

범이가 주먹으로 소소생의 어깨를 가볍게 치며 말했다. 정말 가볍게 친 것인데 소소생은 휘청 넘어질 뻔했다.

소소생과 철불가는 백갑신병과 흑갑신병을 모아 죽도에 있는 어느 작은 굴에 들여보냈다.

"꼭 이렇게 해야겠느냐? 이 녀석들을 우리가 부리면 남들한테 악용될 일도 없고, 우린 이 녀석으로 묘기라도 부려서 돈도 벌고 좋지 않겠냔 말이다."

철불가가 아쉬워서 입맛을 다셨다.

"우리가 이해하지 못하는 것을 괴물이라고 부를 뿐이지. 괴물은 선악이 아니에요. 하지만 인간들에겐 선악이 있어요. 흑갑신병이 아니라 이를 악용했던 산해파리가 나쁜 것처럼요. 그러니 누군가 또 백갑신병과 흑갑신병을 이용하려 들지 못하게 사람 손이 닿지 않는 곳에 있는 게 좋아요. 콩쥐에게도 우리에게도요."

소소생이 말했다. 소소생은 아무도 녀석들을 이용하지 못하게 동굴의 입구를 풀과 나무로 막아 감쪽같이 숨겼다.

봉인이 끝나고 철불가는 파사낭낭에게 작별 인사를 했다.

"과거에 산해파리와 그대가 헤어지게 된 계기는 나였으니…… 미안하오. 한번은 꼭 그 잘못을 만회하고 싶었소."

"괜찮습니다. 그렇게 될 인연이었겠지요. 언젠가 수담할 벗이 필요하면 또 찾아오십시오."

파사낭낭이 해사한 미소를 지으며 말했다. 파사낭낭은 그렇게 집으로 돌아갔다.

"쿨쩍."

잘못 들은 건가, 소소생은 고개를 돌렸다.

"쿨쩍."

맙소사. 철불가가 눈물이 그렁한 눈으로 콧물을 들이마시고 있었다.

"설마 울어요?"

소소생이 물었다.

"넌 모를 거다. 살면서 한 번도 차인 적 없는 사람이 차였을 때의 심정을."

철불가는 눈물을 흘리지 않으려 하늘을 보며 코를 훌쩍였다.

"저도 한 번도 안 차였거든요?"

소소생이 입을 삐죽이며 말했다. 소소생의 말은 사실이었다. 한 번도 고백한 적이 없기 때문에 한 번도 차인 적이 없었다. 단지 지금 눈에서 나는 것은 땀이라고 생각하는 소소생이었다.

이때까지만 해도 소소생은 한 달 후 자신의 미래를 알지 못했다. 자신이 사포를 불바다로 만든다는 것, 그리고 신라 최고의 해적이 된다는 것을.

〈흑갑신병 편 下 끝.

5권에서 계속〉

136

곽재식의

괴물도감

해당 도감의 그림과 설명은 문헌 기록을 참고하였으며,
괴물 수집가로 널리 알려진 곽재식 작가의 상상력과
감수를 토대로 재해석하였음을 밝힙니다.

근화초

겉보기에는 아름답기만 한 평범한 꽃이나 하루 만에 싹을 틔우고 다 자라 마침내 꽃을 피운 뒤 씨를 맺고 져 버린다. 그리고 다음 날 다시 꽃을 피운다. 꽃을 피우고 지는 것을 날마다 반복한다고 하여, 무궁화라는 이름으로도 알려져 있다. 그 특성 때문에 불로장생의 비밀을 품고 있다고 여겨 연구하는 자들도 있다.

흑갑신병, 백갑신병

검은색과 흰색 갑옷을 입은 귀신 같은 작은 병사라는 뜻으로, 벌레로 오인할 정도로 작다. 하지만 갑옷은 칼날을 막아 낼 정도로 단단하고, 발톱은 사람의 살갗을 베어 낼 수 있을 정도로 날카롭다. 생김새만큼 성질도 난폭하지만 콩과 콩으로 만든 음식을 좋아하여, 이를 이용하면 어느 정도 부릴 수 있다. 흑갑신병의 껍질이 불에 녹으면 더 단단하고 새하얀 껍질이 생기면서 백갑신병으로 변한다. 어느 마을에서는 사람 몸속에 들어간 흑갑신병을 돌림병으로 오해하여 마을을 전부 불태웠다고 한다.

난새

아름다운 빛깔의 커다란 새로 봉황의 한 부류이다. 높이 날 수 있으며, 높은 곳을 좋아해 날지 않을 때도 성벽이나 기암 위, 높은 누각처럼 사람의 눈이 잘 닿지 않는 곳에만 머무른다. 하늘로 솟구칠 때 꽁지깃에서 불길이 타오르는데, 이때 난새를 사냥하면 꽁지깃에 붙은 불이 영영 꺼지지 않는다고 한다. 사냥꾼들은 이 깃털을 이용해 불화살을 만들어 비싼 값에 팔기도 한다.

탁탁귀병

딱따구리처럼 부리가 날카롭고 커다란 괴물 새다. 초록색 깃털에, 노란 부리를 갖고 있다. 주로 밤에 나타나며, 괴이한 빛을 띤다. 부리를 이용해 탁탁 똑똑 등의 소리를 내며 이 소리를 들은 사람을 공포에 질리게 한다. 거리를 돌아다니며 집의 문을 두드리거나 바닥을 두드리는 등 사람들을 겁주는 것을 즐긴다. 만약 탁탁귀병을 마주친다면, 오히려 두려워하지 말고 침착하게 맞서야 물러나게 할 수 있다.

박맥

말과 곰, 멧돼지를 합쳐 놓은 것처럼 생긴 괴물이다. 전체적으로는 말과 곰의 중간 정도로, 코는 멧돼지 같으며 온몸에 산양처럼 긴 털이 자라나 있다. 발은 곰 발바닥처럼 크고 호랑이처럼 거센 발톱을 갖고 있다. 성질이 사나워 사람을 마주치면 공격하여 잡아먹기도 한다. 박맥을 취미로 잡아 가두었던 한 귀족이 박맥을 골리다가 순식간에 잡아먹혔다는 소문이 전해진다.

호문조

호랑이 무늬 새라는 뜻으로, 바닷가에 살며 항아리처럼 커다란 머리를 가진 괴물 새다. 몸집이 장정의 두 배는 될 정도로 커서 느리게 움직이지만 공중에서만큼은 자유자재로 날 수 있다. 먼 바다까지도 날 수 있어, 쉴 때는 멀리 있는 섬 속 깊은 숲에 들어가 땅에 엎드려 잔다. 청각은 뛰어나지만 시각이나 후각은 별로 좋지 않다. 한 예로 호문조를 만난 어부가 멍석을 덮고 숨죽이고 있자, 눈치채지 못하고 지나갔다고 한다.

크리처스 4: 신라괴물해적전
흑갑신병 편 下

1판 1쇄 인쇄 2023년 5월 12일
1판 1쇄 발행 2023년 5월 22일

글 곽재식, 정은경
그림 안병현

펴낸이 김영곤
융합1본부장 문영
기획개발 변기석 신세빈 김시은
디자인 임민지
아동마케팅영업본부장 변유경
아동마케팅1팀 김영남 황혜선 이규림 정성은
아동마케팅2팀 임동렬 이해림 최윤아
아동영업팀 한충희 강경남 오은희 김규희 황성진
제작팀 이영민 권경민

펴낸곳 (주)북이십일 아르테 **출판등록** 2000년 5월 6일 제406-2003-061호
주소 (우 10881) 경기도 파주시 회동길 201(문발동)
대표전화 031-955-2100 **팩스** 031-955-2151
홈페이지 www.book21.com

ISBN 978-89-509-1068-6 (44810)
    978-89-509-0969-7 (세트)